奇諾の旅 II

—the Beautiful World—

時雨沢 惠一
KEIICHI SIGSAWA

插畫●黑星紅白
ILLUSTRATION：KOUHAKU KUROBOSHI

「狙擊兵的故事」

—Fatalism—

這裡是一片森林，非常茂密的森林。

這裡有一座山丘，可一眼望盡森林的高聳山丘。

山丘上有一名狙擊兵。

狙擊兵握著狙擊用的長型說服者（註：槍械名稱）俯臥在地上。

他透過在夜晚也可以看得又遠又清楚的狙擊鏡，緊盯著森林的每一個角落。

這時，在森林裡一座美麗的湖畔，好像有什麼東西在蠢動。吸引了狙擊兵的注意。

一個正興高采烈地戲水的男子身影映入了狙擊兵的眼簾。

狙擊兵似乎僵住了一會兒，旋即又把槍口穩穩地瞄向那名男子——那是個身材略矮，長相俊俏的年輕男子。接下來他只要扣下扳機，子彈就會以極快的速度擊中那名男子，湖水也將被染成一片鮮紅。
狙擊兵調整了一下呼吸，正當他準備扣下扳機的那一剎那……
「請你住手。」
狙擊兵聽到身後傳來一個清脆悅耳的聲音，他有點驚訝，緩緩地回過頭來，看到一名女子站在他背後。

她一身勁裝，留著一頭亮麗的黑髮，是個不折不扣的大美女。她的右手握著一把大口徑的左輪槍，槍口瞄準著狙擊兵的頭部。

「抱歉嚇著你了，不過請你別亂動，要是打不中你，會害我浪費子彈跟火藥的。」

這名女子說道。狙擊兵緩緩地開口問她：

「為什麼要殺我？」

女子面露微笑，不過她依然把槍口瞄向他。

「因為你殺了進入這座森林的人。是那些附近國家的死者家屬、朋友、及戀人委託我來殺你的。」

她話一說完，狙擊兵便反問道：

「也就是說，妳在這裡是為了要殺我囉？」

女子點點頭，狙擊兵繼續問道：

「既然如此，妳怎麼還不下手？」

聽到這句話，女子突然面有難色。她說「這個問題問得好」，馬上開始解釋自己感到為難的處境。

「其實在接下追殺你的案子之後，我也接下同一個國家的人們委託。他們支付相同的酬勞，叫我絕對不要殺你，讓一切保持原狀……希望致你於死地的人很多，但同時有些人多虧你的幫忙，得以一掃多年來的怨恨、讓附近囉嗦的傢伙消失了、讓他們提早得到遺產、讓家裡減少吃飯的人口、讓不治之症的病人得以解脫、對孩子的失敗教育可以重新來過等等，因此有同樣多的人也希望我不要殺你。對那些人而言，你簡直是個幸運之神。」

「原來如此。」
「所以我不曉得該對你怎麼辦？不曉得自己該怎麼辦？來這裡的一路上我都在煩惱，其實到現在都還在煩惱呢！」
「既然這樣……」
「既然怎樣？」
「那就請妳命令我。過去只要有人一進入我眼簾，就會被我槍殺，往後我每隔幾個再殺一個。至於要隔幾個人，數字就由妳來決定，我一定會遵守規定的。如此一來，死在森林裡的人應該就會減少了吧？但還是繼續會有人喪命。」
「了解。」
女子給了狙擊兵一個數字。因為那是經過很複雜的計算所得到的詭譎數字，在這裡就不公佈了。

女子饒了狙擊兵一命，從山丘回到了森林。

在森林的湖中，那名男子還在裡頭游泳。他一看到女子，便全身赤裸地跑過去，哭喪著臉說道：

「師父！妳讓我等了好久！我還以為這下咱們要玩完了呢！」

女子愣了一下，然後要他別說那麼多，快把衣服穿上。

男子迅速地穿著衣服問道：

「我們還活著，表示妳殺了那傢伙囉？」

「沒有。」

聽到那句話，男子嚇了一大跳。他驚慌失措地套上長褲，卻把兩腳伸進同一個褲管，跌了一大跤。

女子開始向男子說明整個經緯。

「可、可是如此一來，被殺的可能性不就變成視數字而定？」

男子如此說道，女子一臉覺得那種事是理所當然的樣子，並從容的走向他們的車子——一輛又小又破，彷佛隨時會散掉的車。男子慌慌張張地跟在她後頭。

上了車之後，男子問道：

「怎麼辦？我們這下回國，因為沒殺掉那個傢伙，是收不到事成後的

報酬的耶！加上我們也沒放任他繼續無限制的狙擊，另一方的報酬也拿不到吧？」

「這我也知道。」

說完女子露出優雅的微笑，啟動了車子引擎。

「反正我們兩方的預付款都已經收了，就帶著這筆錢遠走高飛吧！」

「…………」

男子雖然很想說些什麼，但女子毫不理會，並猛力踩下了油門。

車子一開始行駛，一顆碩大的子彈馬上朝車子飛了過來，把佇立在那裡的樹木打成兩半，

但車子已經揚長而去。

這片森林至今依然存在。狙擊兵也仍舊蟄伏在那座山丘上。

（完）

CONTENTS

什麼是正確的？誰又正確呢？
什麼是正確的？誰又正確呢？

—*What is "right"?*—

the Beautiful World

序幕「在沙漠的正中央・b」

—Beginner's Luck・b—

雨一直在下。

雨水毫不間斷地敲擊著大地。

這一帶放眼望去，只看見煙雨濛濛的景象，激烈的雨聲則絲毫沒有停歇。雖然是大白天，但天色是灰暗的。

有一個人佇立在這滂沱大雨中。

是一個年輕人，年約十五歲。

她身上的棕色長大衣只能遮蔽著身體不被雨淋濕，不過黑色的短髮卻早已濕透，瀏海整個貼在額頭上，雨水順著她的臉龐流下。她用舌頭輕輕舔去流到嘴邊的雨水。

「在沙漠的正中央・b」
—Beginner's Luck.b—

「難得這種地方會下這麼大的雨，這可是前所未有的事說……」

有人向她說道。聽起來像是小男生的聲音，不過卻不見任何人影。

突然間，身穿棕色大衣的人抬起頭來仰望天空。

大雨打在她臉上，而且毫不留情地滲入口中，雨水如眼淚般從她兩眼流下。

「啊哈哈！啊哈哈哈哈！」

她突然笑了出來。依舊仰望著天空的她，把嘴巴張得老大，雙臂朝天張開，開懷地笑個不停。

「啊哈哈！啊哈哈哈哈！」

她開心地繼續笑著，並手舞足蹈地轉著圈子，大衣的衣角則像禮服似地飛舞。

「啊哈哈！啊哈哈哈哈！啊哈哈哈哈！啊哈哈哈哈哈！」

那個人手舞足蹈地笑鬧了一陣子後，便對著雨濛濛的某一處問道：

「怎麼樣？」

沒有任何反應，於是她又問了一次。

「你覺得怎麼樣，漢密斯？」

這次終於聽到回音了。

「我覺得不怎麼樣……」

「不怎麼樣？」

聽到對方重覆自己說的話之後，那聲音才淡淡的回答說：

「對我來說一點都不好玩，不過就心境上來說是非常複雜啦！」

「啊哈哈哈！啊哈哈哈哈哈哈——」

那個人再度抬起頭開懷的大笑。

那聲音問道：

「奇諾，接下來打算怎麼辦？」

「不知道。怎麼辦？難不成要為了怎麼辦而繼續煩惱嗎？」

那個叫奇諾的人如此回答後，又繼續笑了起來。

這場雨大概暫時不會停歇吧。

第一話
「吃人的故事」
—*I Want to Live.*—

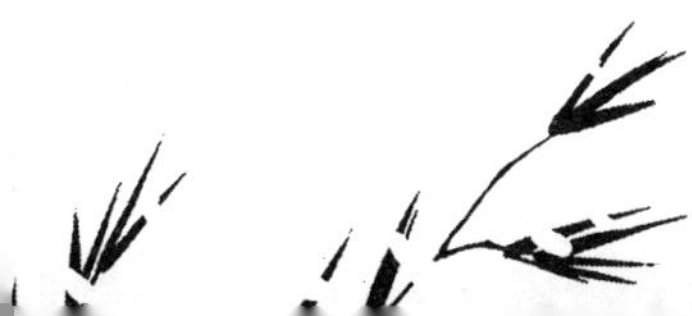

第一話「吃人的故事」

—I Want to Live.—

在一座白雪靄靄的森林裡。

整個冬天累積的白雪把雜草都壓扁了。有著細長葉子的高大樹木則是從白色的地面冒了出來。

透過枝葉空隙間所看到的天空，佈滿了陰霾的低雲層，看起來好像還會再下雪，陽光很微弱。

這裡非常安靜，除了偶爾會發出白雪啪啦啪啦從枝葉落下的聲音之外，其餘的什麼都聽不見，甚至也沒有起風。

前方出現了一隻野兔。除了耳朵前端以外，牠全身覆蓋著純白的毛。

野兔慢慢前進，並在雪地留下淺淺的足跡。當牠停下來的時候，會稍稍動一下耳朵及頭部，然後又繼續跳躍前進。

在不斷重覆這些動作之後，野兔突然停了下來。牠耳朵動啊動的，不過在牠白色的頭上，卻出現一個紅點，那是一道光束。

森林裡還有一個人。

她身穿連帽的厚外套以及長至鞋尖的罩褲，頭上戴著毛皮帽，還戴著單片式的黃色防風眼鏡，臉上則罩著從頸部拉出來的面罩。

那個人靠著樹幹蹲坐在地上，雙手緊握一挺夾在膝間的掌中說服者（註：Peasuader=說服者為槍械。在此指的是手槍）。這把說服者屬細長型自動式，上面還裝著狀似口琴的滅音器。槍管下的小孔射出了一道紅色光線，那是瞄準用的雷射光。此時，它正筆直地對準野兔的頭部。

那人吐出些許白色的熱氣，然後慢慢的扣下扳機。說服者則發出了「卡嚓」的敲擊聲。

剎那間，野兔頭部被紅點瞄準的地方噴出了鮮血。

那野兔顫抖了一下，隨即倒在地上動也不動。從頭部冒出來的鮮血稍微染紅了牠身上的白色毛皮，也稍稍融掉一些牠身體下方的白雪。

森林裡有一條道路，那是特地把樹木砍掉而闢出來的道路，整條路面早已覆蓋住靄靄的白雪。

一輛摩托車（註：Motoride=兩輪的車子，尤其是指不在天空飛行的交通工具）正停放在道路上。座位後方已改造成堅固的載物架，但上面並沒有擺放任何東西，只綁著一個袋子。

為了方便在雪地上行駛，摩托車做過改造。在它的前後輪全裝上能夠刺入凍結路面的螺栓。引擎前方框架則有類似腳踏車輔助輪的懸臂從左右兩側伸出來。前端有踏腳板，下方則加裝了小型滑雪板。這是為了防止整台車在輪胎打滑時滑倒。

「獵到了喲，漢密斯。」

有個人從森林裡走出來，手上倒提著雙腳綑綁的野兔，同時對摩托車如此說道。而她腹部前方則斜掛著一只有蓋的皮槍套。

名叫漢密斯的摩托車開心的回答：

「幹得好，這樣攜帶糧食就不會減少了，奇諾。」

那個叫奇諾的人點點頭，然後把野兔放進袋子，綁在漢密斯的載物架上。

奇諾拿下防風眼鏡跟領巾，也把面罩往下拉。她看來年紀在十五歲以上，有著一頭黑色短髮，一雙大眼睛及精悍的臉孔。她擦了擦汗，把帽子重新戴好。然後說：

「好了，我們快點回去吧！要是讓他們死掉的話，我可就過意不去了。」

「過意不去？」

漢密斯問道。

「就是愧疚的意思。」

「對誰？」

漢密斯再次問道，奇諾答道：

「當然是對野兔囉！」

說完奇諾便發動漢密斯的引擎，一時之間隆隆的引擎聲打破了森林原有的寂靜。奇諾戴上了防風眼鏡跟防寒面罩，把兩腳踏在輔助滑雪板上，然後讓漢密斯前進。

白色道路一角停著一輛車型較新的卡車。輪胎跟車體下半部全埋在雪堆裡，完全無法動彈。車頂上的積雪也相當厚。

離卡車不遠，在森林與道路分界處，架有一頂大帳篷。那是一頂圓形的帳篷，周遭的雪清得很乾淨。

過沒多久就聽到引擎聲，奇諾跟漢密斯來到了這裡。

一名男子彷彿爬出來似地從帳篷裡探出頭來。他年約三十多歲，整張臉相當消瘦，鬍鬚長得滿臉都是，身上的厚外套也有些骯髒。

奇諾從袋子裡抓出野兔給那男人看。男人開心的抬頭看著那隻野兔，然後又把頭縮進帳篷裡。沒多久，又有另外兩名男人從帳篷裡探出頭來。一名戴著眼鏡，年約二十多歲，另一名年約四十多歲，頭髮有些花白。他們也一樣瘦到不能再瘦。一看到野兔，他們便露出了笑容。

「我先去料理一下，請把鍋子借我用。」

一聽到奇諾這麼說，那名三十幾歲的男人便迫不及待的說道：

「這樣就好了！就生吃沒關係！」

其他男人也表示想馬上吃掉野兔，奇諾卻搖搖頭說道：

「不行，要是感染到兔熱病的話，後果將不堪設想。」

於是，一臉失望的男人們只好從帳篷裡拿出大小兩個鍋子。奇諾收下並對他們說：

「等我煮好了就會來叫你們，你們先好好休息吧！」

「好，知道了。……奇諾。」

三十幾歲的男人叫住了正準備轉身離開的奇諾。

「有什麼事嗎？」

男人直盯著奇諾的眼睛說：

「謝謝妳。」

奇諾微微笑著說：

「道謝還早喲。……不過，別客氣。」

當天早上。

奇諾跟漢密斯頭頂著厚厚的雲層，在結冰的道路上奔馳。

多虧加裝螺栓的輪胎跟輔助滑雪板，她們得以用相當快的速度行駛。

漢密斯後方的載物架上除了有行李袋、防寒用的帳篷及睡袋等，還捆了許多旅行用品。

突然間，漢密斯開口了。

「前面有一輛卡車，距離我們蠻遠的。」

奇諾慢慢的鬆開油門，不按剎車地讓摩托車靠慣性滑行，緩緩地停向被積雪埋沒的卡車前方。

她關掉引擎，從漢密斯上下車，然後拿下防風眼鏡跟防寒面罩。

奇諾打開腹部的槍套，用右手拔出左輪槍。奇諾稱呼這把為「卡農」。

正當她準備走近卡車的時候，馬上又發現一頂帳篷，並與探頭出來的男人四目交接。

一名年約三十幾歲，留著長鬍子的男人，滿臉訝異的盯著奇諾看。奇諾把「卡農」收進槍套，但手依然握著槍托說：

「你好。」

男人一語不發地爬出帳篷，虛弱地站了起來。帳篷裡還有兩個男人，同樣是滿臉驚愕。

男人看了看奇諾跟漢密斯，然後用微弱的聲音問道：

「妳、妳騎著摩托車到處旅行對吧……請問妳有攜帶什麼食物嗎……？」

看到這個情況，漢密斯淡淡地說：

「我明白了，我大概瞭解情況是怎麼樣了。」

奇諾說：

「沒有就是沒有。你們從什麼時候在這裡的？」

「聽了以後可別嚇到喲……大概是入冬以後。」

奇諾面露些許驚訝，漢密斯則出聲說：

「真是不可思議，那不就很久了？」

「是啊，今年的雪比以往還要早下，而且還是暴風雪，結果我們便被困在這裡，進退兩難……」

「幸好沒有因此掛掉。」

漢密斯如此說道，但沒有人笑出來。

「那你們卡車裡都沒有糧食囉？」

奇諾像是確認似的問道，男人則面露出悲傷又痛苦的表情。

「本來有，可是全被我們吃掉了……而且老早就吃光了。我們當然會準備一定的存糧，只是萬萬沒想到會被困在這裡，我們實在是太大意了。後來，就一直等待有人從這裡經過。拜託！請妳分一點食物給我們好嗎……我們一共有三個人……」

男人指著帳篷，裡面那兩個人則若有所求地看著奇諾。

「求求妳……」

男人兩手握拳拼命乞求奇諾。奇諾輕輕嘆了口氣說：

「我這裡是有攜帶用的糧食啦！不過基本上也只準備了一人份而已。就算有多出來的，很遺憾，你們三個人分實在太困難了。」

男人們倒抽了一口氣。

「不過，」

聽到奇諾這麼說，男人們又抬起頭來。

「我可以幫你們去打獵。這附近一定有動物出沒，況且氣候也開始回暖了，總有辦法弄到吃的才對。只要你們恢復一些體力，或許就能讓卡車再度發動。油箱裡應該還有燃料吧？」

「啊，有的！那就麻煩妳可以嗎？」

男人欣喜地反問奇諾。奇諾感受到三人渴望的視線，於是便輕輕點了點頭。

「嗯，我就留在這裡陪你們幾天吧！」

聽到奇諾這句話，男人們個個笑逐顏開，而且異口同聲的向她道謝。

「請問妳叫什麼名字？」

眼前三十幾歲的男人問道。

「我叫奇諾，他是漢密斯。」

「奇諾是嗎？請妳看一下這個。」

男人說著，從口袋裡拿出一個小盒子，並把它打開來給奇諾看。盒子裡放著一枚戒指，銀色的戒環上還鑲著許多小小的綠色寶石。

「這個應該蠻值錢的，就當做是答謝妳救了我們三個一命，請妳收下。」

男人一面說，一面把盒子遞給奇諾。

「說答謝還早呢！」

「沒關係，請妳收下。我本來是想靠它來娶老婆的，不過若我死了，這戒指就失去意義了。」

「…………」

奇諾收下盒子，並打開來看了一下。她表情沒什麼變化，只是稍微看了一會兒。

「我知道了，在最後我會把它當報酬收下，在那之前就暫時先放在我這邊。」

奇諾把盒子放進口袋裡，然後對男人如此說道。

「請你們稍待一會兒，我現在就去打獵。我行李先放在這裡，請你們不要隨便動它。我想動物的肉會比我帶的攜帶糧食還要好吃喲！」

奇諾把漢密斯上的行李全卸下來，只在載物架上綁了一個袋子。

然後就出發狩獵去了。

奇諾開始動手做料理。

她把堆在樹木旁邊的雪挖到可見地面的程度。然後再把少許固體燃料、舊報紙及一些樹枝堆在一起，並點上火。接下來用繩子把鍋子吊在樹上，調整到火剛好燒得到的高度，再把一些乾淨的雪丟進去。

接著，奇諾把野兔擺在平常用來練習射擊的鐵板上，她看著動也不動的野兔幾秒，然後又閉上眼睛數秒。

經過簡單的禱告，她才開始動手解剖。

奇諾脫下手套，套上橡膠薄手套，而且拉到厚外套兩隻袖子的高度。

然後她取出折疊式的藍波刀，從野兔背後正中央的毛皮繞著軀體劃一圈。

接著她用雙手把毛皮左右拉開，拉到完全露出頭部跟腳尖時，再把毛皮割下。

現在的野兔看起來比原本小了一圈，變成一個粉紅色的肉塊。

奇諾從牠喉頭筆直的割到肛門，把腹部切開，取出裡面的內臟，再利用雪跟紙把掏空的肚子擦乾淨，用水稍微清洗了一下。

接下來奇諾把四肢從根部切開，再把股關節向外折，後腳則從膝蓋切成兩截，又把身體部份切成大小適中的塊狀。

肢解完成後，野兔變成了在餐廳隨處可見的「肉類」。

奇諾調節一下火侯，把水裡面較明顯的髒東西撈掉。

然後把肉放進鍋子裡。她拿雪把充當砧板的鐵板擦拭乾淨後，再用火消毒。這時奇諾才把橡膠手套脫掉。

過了不久，肉就煮熟了。

男人們聽到奇諾的呼喚後，各自拿著杯盤搖搖晃晃地走出帳篷，坐向火堆邊。消瘦臉孔上的眼睛睜得斗大，並散發著異樣的光彩。

撒上鹽巴跟胡椒後，奇諾將肉分成數份，男人們靜靜地看著眼前的食物好一會兒，不久眼淚流滿了他們佈滿汙垢的臉頰。

「媽的，我們應該不是在做夢吧……」

「吃了就知道啦，照理說是不會消失才對。」

奇諾說道。

於是他們用指頭把肉撕開，慢慢送進嘴裡，嚼了好幾次才嚥下，然後閉著眼睛吐了口氣。

「好好吃喔……」

四十幾歲的男人流著淚說。

「真好吃……」

二十幾歲的男人兩手沒停過，也靜靜地流著淚說。另一個人則是緊閉著雙眼，彷彿在確認肉質似地咀嚼好一陣子後，才把它嚥下。

「是啊，好吃，真好吃。我已經好久沒吃到這麼美味的東西了……雖然有點鹹。」

男人們個個喜極而泣，用手把眼淚拭去，臉上的汙垢倒是被擦掉了一些。

奇諾用另一只鍋子煮開水泡茶，也各倒一杯給他們。然後她給那些男人幾顆藥劑。

「這些是維他命及各種不同藥錠，我倒是有多帶一點。」

一聽到奇諾這麼說，最年輕的男人露出了笑容。

「謝謝妳，這可說是全餐了。」

「奇諾，妳不吃肉沒關係嗎？」

三十幾歲的男人問道。

「我本來想說如果有吃剩的我就一起吃，不過照這情形看來，應該全部吃得完吧！我只要吃原本準備的這個就行了。」

奇諾說著，拿出一塊黏土般的四角形攜帶糧食。

「謝謝妳。」「謝謝。」

面對這三個男人如此正經的答謝，奇諾答道：

「可以的話也向那邊的那位道謝。」

她說著指著另外一方。

那邊的樹枝上掛著被奇諾肢解的野兔上半身及下半身的毛皮。失去光芒的圓滾滾眼珠則盯著他們四個人看。

沒多久，男人們把杯盤放在雪地上，雙手握拳舉到面前並閉上雙眼。

然後當著奇諾跟停在她身後的漢密斯面前，慢慢地向上帝禱告。

「上帝啊，感謝您為了我們創造流著鮮血的生物……然後上帝，也請您饒恕我們為了求生存而殺了他們……」

男人們祈禱了好一陣子，奇諾則是邊吃著難吃的攜帶糧食，邊注視著他們。

之後他們慢慢地把肉全吃光了。

夕陽開始西下，原本不明朗的天空一下子全暗了下來。景色整個變得灰暗，夜色在靜謐中越來越濃了。

奇諾隔著卡車，在男人們的帳篷正對面搭起個人用的帳篷。

然後在這一天的尾聲又倒茶給他們喝，他們再一次道了謝，便鑽回了自己的帳篷。

奇諾在漢密斯的引擎跟油箱蓋上罩子後，也鑽進自己的帳篷裡。

隔天早上。

奇諾在天色未明的時候起床。天空一樣被厚厚的雲層蓋住，還下著些微的細雪。

她在雪地上活動筋骨，然後用「卡農」做好幾次拔槍射擊的練習。

獨自吃過攜帶糧食的早餐後，她把漢密斯敲醒，並發動引擎，又在車上綁一個袋子。

噪音彷彿在通知那三個睡醒的男人把杯子拿過來。奇諾把雪放進杯子裡，再把它拿近漢密斯的引擎及排氣管，雪很快就融掉了。

「我這引擎可不是拿來煮開水用的。」

漢密斯碎碎唸了一下，奇諾則安慰他：

「這代表你有好多用處呢！」

這一天。

奇諾再次跟漢密斯出去打獵，而且一連獵到兩隻野兔，其中一隻比較大。

回來之後也是一樣把牠們肢解，第一隻在中午過後就把牠煮來吃了。

男人們從帳篷走出來後，又邊道謝邊吃，然後再回帳篷休息。

奇諾砍了些適合的樹枝，並把它們吊掛起來當儲備的柴火。
另一隻兔子的肉則是在接近傍晚的時候烹煮的。
那三個男人一樣把肉全吃光了，被吃得乾乾淨淨的骨頭在火堆旁堆積如山。
吃著兔肉的男人們開心的答應奇諾，如果有一天到他們國家去，她想吃什麼都一定請客，而且保證讓她吃到體重倍增。
他們的體力恢復得很迅速，已經到了走路不會搖晃的地步。

到了晚上，雪完全停了，雲層稍微散開了些，還不時可看見天上的星星。
奇諾爬進帳篷裡的睡袋，停放在帳篷前的漢密斯說話了。
「奇諾，妳還沒睡嗎？」
「還沒。」
「我們這樣繞道而行好嗎？」
面對漢密斯的詢問，奇諾老實地答道：
「一點都不好，雖說天氣漸漸回暖了，我還是希望能儘快穿過這片森林。」
「既然這樣……」

「但是有報酬可拿耶，我們可以拿到這枚戒指喔！」

奇諾用一成不變的語氣回答。

「那種東西哪裡好啊？」

漢密斯話一說完，帳篷裡響起窸窸窣窣的聲音。只見奇諾伸出左手，中指上套著那枚戒指。

「怎麼樣？」

奇諾把手轉來轉去地問著。

「不適合妳。」

漢密斯馬上回答。她慢慢把手縮回去並回道：

「……我也這麼認為，握離合器的時候蠻礙事的，不過倒是能賣到不少錢，而且助人也不是一件壞事啊！」

「是沒錯啦！」

漢密斯簡短的答道。

隔天，也就是奇諾遇見這些男人的第三天早晨。

奇諾醒來的時候天空帶著淡淡的藍色，而且萬里無雲。

暖過身的奇諾後方升起了橘色光團，她的影子則長長地延伸在雪地上。

不久男人們也醒了，他們站穩身子後，便自行煮起開水。

「看來你們都好多了呢！」

奇諾如此說，男人們也點頭示意。

「是啊，真是謝謝妳了。」

奇諾把自己的攜帶糧食分給他們當早餐，而四個人也就這樣吃了起來。

吃完之後，男人們一面喝茶，一面開心地聊自己的故鄉。

「等我們回去之後，國內的人們鐵定會大吃一驚。他們應該沒想到我們會在這種地方遇難，搞不好還以為我們被槍殺了。」

「或許還幫我們造好墳墓了呢！」

「不錯耶，可以掃自己的墓。」

三十幾歲的男人詢問奇諾的國家在哪裡，不過奇諾卻以搖頭代替了回答。

「啊……真是抱歉。」

男人這麼說著，他們之間的談話也到此中斷。

太陽高掛了許久，氣溫也慢慢上升了。

男人們跟奇諾說他們打算發動卡車。於是大家分工合力地把雪鏟除，只要在卡車前後加點斜度，應該就有辦法脫離目前陷在雪地的狀態。若是卡車能發動，屆時就能前往離這裡最近的國家了。

三十幾歲的男人對奇諾說：

「我們想先把車上的貨物卸下來，方便的話請妳幫個忙。」

於是奇諾跟他們走到後車廂。

後車廂加了三道鎖。三十幾歲的男人分別把鑰匙拿給其他兩人，把門打開後就鑽了進去。裡面突然發出卡嚓的聲音，四十幾歲的男人從不遠處對奇諾說：

「奇諾，那輛摩托車應該沒什麼問題吧？」

奇諾不明就裡地回頭看。三十幾歲的男人從載物架探出身子，拿著一把長型說服者瞄準回過頭的奇諾。

奇諾看到男人手上的說服者那一瞬間，右手雖然伸向槍袋，不過卻馬上放棄拔槍，而且從容地面向瞄準自己的說服者。

「妳的判斷很正確。如果妳拔槍的話，我鐵定會開槍！」

男人幹練地舉著說服者，走下載物架對奇諾說道。

「謝謝你的誇獎。」

奇諾並沒有特別驚訝，而是口氣平穩地回答道。另外兩個男人則是一臉嚴肅地遠離奇諾幾步距離。三十幾歲的男人說：

「老實說我並不想開槍，畢竟我們還是有將重要商品毫髮無傷送達的榮譽心。」

「你說的商品是指？」

聽到奇諾這麼問，四十幾歲的男人回答：

「我們從事人才派遣業，人就是我們的商品！」

接著，停放在奇諾後面有段距離的漢密斯用一成不變的口吻說道：

「什麼嘛，原來大叔你們是綁架集團？也就是人口販子囉！」
舉著說服者的男人邊苦笑邊說：
「別把話講這麼白嘛……不過也沒錯啦！因此在恢復元氣之前，我們為了活下去，便不得不停下工作。所以奇諾，我們會把妳帶去想買下妳的買家那兒，請妳不要反抗。」
漢密斯說道：
「可是你們這麼做，我也會很困擾耶！」
想不到四十幾歲的男人卻說：
「放心吧，漢密斯，你的夥伴長得相當俊俏，只要花工夫打扮一下就會引人注目，加上她又年輕，一定能賣到高價的。我們常常會拿寶石及漂亮的服裝來裝飾商品，所以連你一起賣也沒關係，我們不會破壞你的。」
「說實在的，你們也把話講得挺白的嘛！」
儘管奇諾無法動彈，卻也語調平靜的如此說道。

三十幾歲的男人一面靜靜地盯著奇諾的眼神，一面繼續瞄準著她說：

「請不要怨我們，我們真的打從心裡感謝妳的援助。那鍋肉很好吃……真的很好吃。但是為了要活下去，這麼做是逼不得已的，比方說，我們就好比是大野狼吧，狼有牠們特有的生存之道。」

「原來如此。」

奇諾緩緩地舉高雙手。

「很好，把妳腰上的左輪槍連同槍套一起拿下來，用左手慢慢拿。」

奇諾慢慢地用左手把「卡農」的槍套從皮帶上解下。

「丟在地上！」

奇諾手一放開，槍套就掉在她跟那三個男人之間。只聽到咚的一聲，槍套有一半陷進雪地裡。

二十幾歲男人正準備上前去撿，卻被他旁邊的四十幾歲男人制止了。然後說：

「把厚外套脫掉，慢慢脫，而且用一隻手從前面脫。」

奇諾照他們的話把厚外套脫下。她裡面穿著黑色夾克，腰際還纏著一條粗皮帶，皮帶上則掛著許多小袋子。

「轉過身去，慢慢的就好。」

奇諾向後轉，那把射殺野兎的說服者正輕輕夾在皮帶上的槍套裡，奇諾稱它為「森之人」。

「我猜的果然沒錯，用右手將那把說服者也慢慢拔下來，要慢慢的！」
「想不到你們知道得這麼清楚。」
奇諾邊看著漢密斯邊說。她用右手握起「森之人」的槍托，把它掏出槍套丟在地上。
「把手舉起來面向我，慢慢轉！」
奇諾舉著雙手，慢慢轉向那三個男人。
兩個人正準備靠近奇諾，這次換手持說服者瞄準奇諾的三十幾歲男人制止了他們。
「等一下，妳身上應該有刀子，在哪裡？」
奇諾露出悲傷的表情，粗魯地說：
「到處都有。」
「全部丟掉！」
奇諾慢慢的把右手伸進夾克下襬的口袋裡，取出用來做料理用的折疊短刀，並直接丟在地上。
奇諾又慢慢的把右手伸進皮帶的包包裡。當她一從裡頭拉出刀柄，折疊式短刀突然啪嘰一聲自動鎖住。奇諾也一樣把它丟在地上。

奇諾慢慢的把右手伸進夾克左下襬，從裡頭拔出雙頭短刀丟在地上。接著換左手伸進右手的下襬，同樣取出一把短刀丟在地上。

「…………」

在三個默默注視著的男人面前，奇諾開始慢慢的脫掉身上的罩褲。她拉下側邊的拉鍊，並一隻腳一隻腳的脫下。現在看得到她穿在裡面的靴子跟長褲。

奇諾像要蹲下身似慢慢的彎腰，然後用右手從綁在靴子腳踝部分的刀鞘拔出細長的刀子，一樣也是丟在地上。同時她也用左手拔出藏在左腳的刀子並丟在地上。

掉落的刀子彼此撞擊，發出了鏗一聲的聲響。

「妳……是賣刀的嗎？」

二十幾歲的男人不由得唸唸有詞起來。

奇諾慢慢的用右手拔出插在右腰皮帶後面刀鞘裡的刀子，這把雙刃刀的刀身約十五公分長，是一把刀柄呈粗圓筒形的刀子。

奇諾用右手握著，接著左手也一起握住。

她凝視著舉著說服者的男人眼睛慢慢地說：

「這是最後一把。」

「丟掉！」

此時講這句話的三十幾歲男人額頭上出現了一個紅點，並且發著亮光。

砰砰砰！連續傳來三聲清脆的槍聲。刀柄跟刀刃交接處有四個小孔，子彈就是從其中三個洞裡射出來的。

那男人額頭被紅點瞄準的地方冒出了鮮血。

四十幾歲的男人在槍聲響起的同時，見奇諾正朝自己衝過來，便很快地揮起左手。不過奇諾卻穿過他下方，用左手從後面制住對方的左手。而整支短刀則從男人左背後的正中央深深的刺進去。

被短刀刺到的男人「嘎！」地一聲發出短促哀號的同時，額頭被開了三個小洞的男人也頹然地倒在地上。

奇諾繼續握著短刀逼進二十幾歲的男人。

瘦弱男人倒地的同時，奇諾也從雪地裡拔出了「卡農」。

奇諾馬上拉開槍的擊鐵，站在被屍體壓倒的男人面前。

「哇！」

男人發出哀號，奇諾看了一下臉上沾滿鮮血倒在地上的男人，然後把「卡農」對準最後一人。

「救命哪——」

當槍聲伴著白煙響起的同時，奇諾的右手也被震得彈了上來。只見男人的牙齒像爆米花一樣噴了出來。

男人的頭在一瞬間像受到電擊似的跳動，隨後就動也不動了。而嘴裡充滿了鮮血，從肺部擠出來的空氣則「咕嘟」地冒起一次泡泡。溢出的鮮血還把頭部下方的雪融掉了一些。

奇諾站在三個人的屍體前面，他們流出來的血冒出輕微的熱氣。

「好危險喔！」

漢密斯從後面對奇諾說道。

「有沒有受傷？」

「沒有。」

奇諾簡短地回答，隨即又補上一句：

「剛才我真的好害怕，還以為這下子完蛋了呢！」

然後奇諾右手握著「卡農」呆立了好一陣子。
在萬里無雲的晴空與閃亮的銀色世界之間，只聽見奇諾卡滋卡滋的牙齒直打顫。

「妳沒事了吧？」
漢密斯問道。
「已經沒事了。」
奇諾邊點頭邊說道，屍體也沒再冒出熱氣了。
奇諾走向卡車的車箱。
她小心翼翼地握住「卡農」，然後慢慢把門打開。
「原來如此。」
奇諾嘴裡唸唸有詞，往後車廂裡看了一會兒。然後把兩邊的門都打開，讓光線照進後車廂。
在不是很寬敞的後車廂裡，散落著許多慘白的骨頭。

全部是人骨。有細長的肋骨、細碎的指骨、像被刮刀割斷的腸骨、以及折斷後，裡面的骨髓被吸乾的大腿骨。

同時也散落著好幾個使用殆盡的固體燃料容器。後車廂部份被拆下來的鐵板上，還有幾根燒焦的脊椎骨。

這些骨頭主人的頭顱則散落在後車廂的角落。

一束金色長髮綁在後車廂的鐵管上，下方垂掛著一顆不算大的頭顱。年齡大概跟奇諾相當。

她沒有眼睛也沒有鼻子，只剩下幾個沈默的黑洞，臉頰及下顎的皮膚跟肌肉早被削掉，翻起的頭蓋骨讓她的臉垂向下方，開口甚大的下顎則勉強連在一塊。

前腦部份開了一個大洞，裡頭的腦漿全沒了。

頭顱對面一角，還掛著一套鮮黃色的洋裝。

「……漢密斯，你看得到嗎？」

奇諾問完，漢密斯答道：

「嗯，是他們吃完的殘骸對吧？」

奇諾看著躺在自己腳邊的屍體。

「被吃掉之前，她可是很重要的商品呢……」

「那麼，在那之前呢？」
聽到奇諾唸唸有詞的聲音，漢密斯如此問道。
看著閃閃發亮的金髮，奇諾靜靜的說：
「這我就不知道了。」
奇諾慢慢關上車門，並對少女說：
「這麼做是不對的，可是他們並不想死啊！」
「這次繞了好遠的路，我們馬上出發吧！」
奇諾說完，開始把剛剛丟掉的短刀全撿回來。
當她撿起「森之人」的時候，槍管已經積滿了雪。奇諾漫無目標地開了兩槍，栓上保險後，再把它插回腰後的槍套。
她用力拔出刺在男人背後的短刀，將沾滿鮮血的刀刃在雪地上來來回回刺了好幾次清洗乾淨，然後再用屍體的衣服擦乾。

刀柄後面有個旋轉式的蓋子，奇諾打開它，從裡面拿出三個空彈殼，再從掛在皮帶上的「森之人」預備彈匣裡取出三發子彈後塞進刀柄裡。

接著她將這把可插在說服者上頭的短刀收進右腰的刀鞘裡。

然後，奇諾穿上罩褲跟厚外套，並把「卡農」插回原來的位置。

她迅速地把帳篷收好，將行李全堆到漢密斯上，發動了引擎。

突然間，奇諾又走回卡車旁，蹲在那具倒在地上手持說服者的屍體旁邊。

她脫下自己左手的手套，在中指上，套著一枚戒指，銀色的戒環上鑲著好幾顆綠色的小寶石。

奇諾盯著左手看了幾秒鐘。

然後，她把戒指拿了下來，再從口袋拿出盒子把它放進去。接著放進男人胸前的口袋裡，並小聲的說：

「這戒指還你，因為我最後還是救不了你。」

漢密斯用跟奇諾同樣小聲的語調說：

「怎麼了?妳本來不是很喜歡嗎?」

奇諾跨上漢密斯，然後戴上帽子、防風眼鏡，並且把臉罩了起來。

她輕輕催了一下油門，引擎便加速轉動。漢密斯說：

「要走了嗎？」

「是啊！」

奇諾說道。

奇諾輕輕回頭看看有沒有忘了什麼東西，卻瞥見那三隻沿著樹枝並排的兔子。

奇諾說道：

「不要怪我們，畢竟我們是人類。」

說完摩托車便開始前進，經過卡車、帳篷及四具屍體，接著馬上消失無蹤。

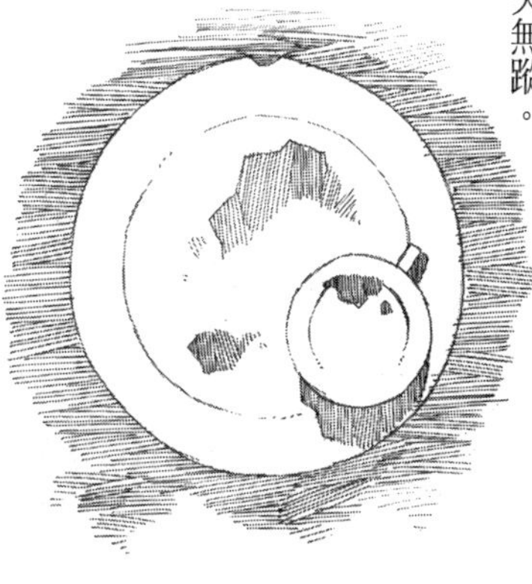

第二話
「過度保護」
—Do You Need It?—

第二話「過度保護」

—Do You Need It?—

停留在那個國家的第二天中午，奇諾吃過飯後，便往停在停車場一角的漢密斯走去。

然而在漢密斯停放處的前方，有一對男女正在激烈爭執。他們看來像是一對夫婦，雙方都年約三十歲，一旁有位年約十歲的小男生，看起來是他們的兒子，則是一臉不知所措地呆站著。

那個爸爸說道：

「所以我說妳那樣子是過度保護，那根本就不是為他好！」

那個媽媽反駁說：

「不，你太堅持己見了！我覺得這麼做對他比較好！」

三個人就站在奇諾與漢密斯之間，臉色都非常凝重。

奇諾開口對他們說：

「呃……」

正當她想說「不好意思，能不能借過一下？我的摩托車就在你們後面。」的時候，回過頭來的那個爸爸一看到奇諾便問她：

「喂，妳覺得呢？」

「咦？你突然這麼問，我根本不曉得什麼跟什麼……」

奇諾一臉訝異地說道。正當爸爸想接著說下去的時候，媽媽馬上插進來說：

「其實他啊，說這孩子根本就不需要穿什麼防彈背心。」

奇諾問道：

「為什麼需要穿防彈背心呢？」

爸爸答道：

「因為戰爭啊，我兒子不久將要上戰場。」

「戰爭？」

「是的，幾個月前我們國家發生了戰爭，這是建國以來的第一場戰爭。而國家也開始徵召志願士兵。我兒子從今天起就要投入戰役了。雖然不是我在自吹自擂，不過我兒子非常優秀，相信他將

會是一名很棒的士兵。搞不好還會成為英雄凱旋歸來。……不過我妻子卻一直要兒子帶防彈背心去，根本就不需要啊！」

聽到這些話的媽媽，馬上用強硬的口氣反駁她丈夫。

「老公你講這什麼話！防彈背心可以保護他不受迫擊砲碎片的傷害耶！」

「那種情況只要趴下來就不會有事的，況且戰場上還有戰壕呢！」

「就算有戰壕，也會有什麼無法預料的情況吧？話說回來，要是為那種小事情受傷，可就當不成英雄了喔！這孩子在戰場上不努力作戰怎麼行？」

「可是防彈背心不是很重嗎？那會害他行動變遲鈍的。『像蝴蝶般飛舞，像蜜蜂般攻擊！』這就是最上乘的軍人應有的表現。而且如果只有他穿防彈背心，一定會被其他士兵嘲笑的。」

「才沒那回事呢！他只管挺起胸膛，說這是媽媽送給他的禮物就行了！」

奇諾聽了一陣子他們倆的爭執後，又看了一眼站在旁邊的男孩。

「我想最重要的還是這孩子的意見吧？」

聽到奇諾這麼說，媽媽看著兒子說道：

「說的也是……小誠你覺得呢？你也覺得需要穿防彈背心吧？你會聽媽媽的吧？」

媽媽蹲下身來，溫柔地把手搭在兒子的肩上。

爸爸也蹲下身來，右手握拳像在激勵兒子般地說道：

「你快老實說，小誠。你也覺得不需要防彈背心對吧？因為你是堂堂的男子漢，是爸爸最驕傲的兒子對吧？」

媽媽接著說：

「媽媽跟爸爸都會尊重你的意見的，小誠你自己決定。」

爸爸也問道：

「沒錯。你覺得怎麼樣呢？」

於是，那個小孩戰戰兢兢並老實地說：

「我…不想參加戰爭。」

爸爸一聽立刻站了起來，低頭看著兒子，並且改用跟剛才截然不同的強硬口氣說：

「你說什麼！這麼做可是為了你好耶！」

媽媽也立刻站了起來，她低頭看著兒子，也用強硬的口氣說：

「沒錯，只要你參加戰爭立下功勞，將來就能被推薦進入優秀的學校就讀；到時候你就能上優秀的大學，到知名的公司就業喲。這一切都是為了小誠耶，你懂不懂？而且你不是說班上的同學都要去參戰？你不想輸給其他同學吧？不怕被大家視為異類嗎？」

「可、可是小良的爸爸媽媽就堅持不讓他參加戰爭……」

聽到孩子這麼說，媽媽很嚴厲地大聲斥責：

「小良是小良！你是你！」

「沒錯，不能拿別人跟自己比呀！」

被父母親這麼一罵，那孩子的臉上浮現出驚恐無比的表情。

媽媽從自己的包包裡拿出防彈背心。那是亮晶晶的全新商品，裝在透明塑膠袋裡，上面還掛著「祝新兵為國爭光！不會對肩膀造成負擔的新型防彈背心，附有身高調整器以配合發育中的孩子，可長期使用」的吊牌。

然後她半蹲著平視孩子，並用手溫柔地貼著他的背部說：

「好了小誠，你就穿著防彈背心到新兵招募所報到吧！媽媽會陪你一起去的。」

「我都說不需要這個了，妳這樣過度保護是不行的啦！」

「喂，我替兒子著想又哪裡不對了？」

「妳沒有不對，只是不要太過度啦！」

看著再次起爭執的父母，那孩子又開口說：

「我…不想參戰。」

「又說這種話？你膽子小這點還真像你媽媽呢……」

「你講這什麼話？他固執的個性才像你呢！真受不了……」

那對父母不可置信地說。而孩子一臉快哭出來似地小聲說道：

「我真的……不想參戰……」

於是奇諾對他父母說：

「你們三人何不針對要不要讓他參戰這件事，從頭考慮一次呢？」

話一說完，那對父母同時用大驚小怪的表情瞪著奇諾說：

「妳啊，能不能別插嘴管別人教育孩子的方式呢？」

「一點也沒錯！這是我們的問題，我們可是很認真在替孩子的將來打算呢！」

「喔……」

奇諾簡短地答道。

接著媽媽抓起孩子的手，並拖著他離開。

「好了，總之我們走吧！老公你也來，要不要穿防彈背心這個問題，等到了招募所再討論，否則會來不及去那裡報到的！」

「說的也是，我們走吧，小誠。」

於是那對父母便一人一邊地拉著孩子離開，從奇諾的視野裡消失。

「…………」

奇諾只能默默地輕輕搖頭。接著她往前走去，眼前用腳架立著的漢密斯如此說道：

「辛苦妳了，奇諾。」

「真的很累呢！」

奇諾老實說完，便跨上漢密斯。

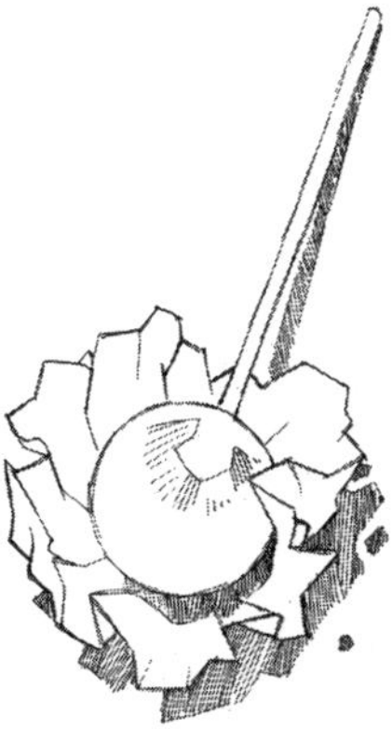

第三話
「魔法師之國」
—Potentials of Magic—

第三話「魔法師之國」

—Potentials of Magic—

在悶熱的空氣中，有一條路。

那裡是個佈滿沼澤的地方，平坦的大地上到處可見死水窪，裡頭長滿了水草。而那條路，彷彿穿過沼澤似地蜿蜒著。

那條路是用紅土鋪成的。路面很寬，卻因為雨水的沖刷，導致路肩有些崩坍。路中央幾乎找不到乾燥的地方，整條路彷彿被暑氣與濕氣融化了。

沼澤上一些顏色鮮艷的水鳥群，發出像被掐住脖子似的喧鬧聲，卻又倏地一齊展翅飛翔。接著，一輛摩托車出現在泥濘的道路上。

那輛摩托車的後座被改裝成載貨架，上面載滿了旅行用品，引擎隆隆作響。

摩托車騎士在襯衫外穿著黑色背心，領口大大地敞開著，腰上繫著粗皮帶，黑髮上戴著有帽沿的帽子，臉上則戴著防風眼鏡。眼鏡下的神態很年輕，年約十五歲左右。

她右腿上掛著掌中說服者的槍套，那是開槍時需拉開擊鐵的單手操作式左輪槍。

騎士慎重地騎著摩托車，有時因為泥濘過深導致握不緊手把而失去平衡；有時必須讓後輪空轉濺起大量的泥水，才能夠脫離那個地方。

「雖然我說過好幾次了，不過這條路還真是爛！」

摩托車對騎士說道。

「是啊，這樣比預估所花的時間還久呢！嗨……咻！」

騎士邊回答，邊滑動後輪讓摩托車重新立起來。她臉頰已經出汗了。

「不過奇諾，」

跑了一段路程後，摩托車說話了。叫做奇諾的騎士則回答他，什麼事？

「那個讓我們如此辛苦趕路的國家要是窮極無聊的話，真的會很不值得耶！」

「話是沒錯啦，不過有人曾說『無論什麼樣的國家都有它值得欣賞之處』。」

「是嗎？」

奇諾防風眼鏡下的視線四處搜尋著。

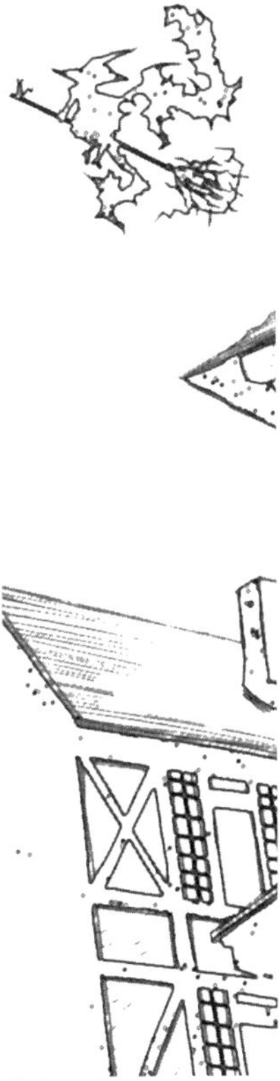

「不過這麼說，不也代表每個國家都差不多？……漢密斯，現在改道還來得及，要改嗎？」

奇諾如此說道，並且讓這輛叫漢密斯的摩托車停在較乾的泥土上。

「怎麼辦？我是無所謂啦，反正稍微偏南的方向也有路，往那邊走也有國家。」

漢密斯深思熟慮了一段時間，然後說：

「我想就算要我說，我也只會說妳決定就好。」

「是嗎……那麼，我們就繼續往前走吧！」

「了解，不過為什麼？」

「沒什麼理由呀！反正不管到哪個國家，也沒有人在等我過去，那裡也不需要我。我只覺得往回走很麻煩，況且別條路也未必比這裡好走。」

「什麼嘛？」

奇諾發動了漢密斯，再次越過泥濘往前進。他們的速度很慢。

奇諾半開玩笑的嘀咕道：

「要是漢密斯能在水上行走就好了，這樣就能直接越過沼澤了說。」

「妳也太扯了吧，摩托車哪可能在水上行走啊？」

漢密斯用認真的語氣說道，奇諾回問他：

「你有試過嗎？」

「不用試也知道，因為摩托車辦不到的事實在太多了，我們跟人類又不一樣。」

「我也無法在水面上行走啊。」

聽到奇諾這麼說，漢密斯馬上回答：

「可以造船啊，然後再駕船就行了，妳是人類，應該辦得到吧？」

「也對……不過，」

「不過什麼？」

奇諾吸了一口氣之後才回答漢密斯的問題。

「我應該還是比較喜歡跟漢密斯一起旅行。」

「唔——妳真會講話，我們繼續前進吧！」

「好！」

漢密斯跟奇諾開心地說道。

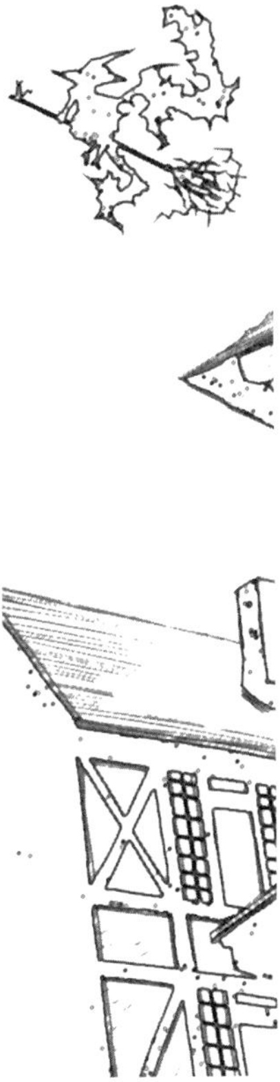

可是就在下一秒，後輪卻陷入泥沼裡，逼得摩托車停了下來。

「啊！」「啊！」

「歡迎光臨，旅行者！歡迎蒞臨我國！好久沒有客人來了呢，我們好開心哦！這一路上是不是很辛苦？」

站在高聳的城牆與巨大的城門前的士兵，滿臉笑容地對抵達的摩托車騎士如此說道。

「不會。」

脫下帽子跟防風眼鏡的奇諾若無其事地回答，但她雙腳從膝蓋以下都是泥巴，手套跟襯衫袖子也都弄髒了，臉上還沾了一些被濺到卻已乾掉的泥土；至於漢密斯的兩個輪子則全都是泥巴，引擎上還沾有被熱度烤乾的泥塊。

「那就好。」

士兵笑咪咪地說道。

奇諾跟漢密斯完成入境手續後，走進了城牆內。

城門前有個橢圓形的廣場，離那裡不遠處則並排著木造平房，每一棟房子的地板都採架高式的，下方則有粗大的柱子插入土裡。另有石子鋪成的小路穿插其間，比原有的地面還高出一截。

廣場裡有數名男性。不知是否在等待奇諾她們的到來，全都笑咪咪地走過來。

「您好，旅行者。歡迎來到我國，我是這個國家的國長。」

奇諾脫下帽子對這位五十幾歲的男人鞠了個躬。

「你好，我叫奇諾，這是我的伙伴漢密斯。」

「非常歡迎妳們光臨。其實已經有五年沒有外地的客人造訪我國了！由於我國並沒有飯店，希望您能在迎賓館住下。當然，您不需要支付任何費用，我們將視您為國賓。」

國長說完話便深深鞠了個躬，其他幾個人也跟著這麼做。

「咻！」

漢密斯像吹口哨地說：

「哇塞，奇諾，我們還是頭一次受到這種禮遇耶！這次真是來對地方了。真是的，剛開始我好幾次都希望妳折回去說！畢竟路況實在太差，不禁讓人懷疑前方是否有人居住——」

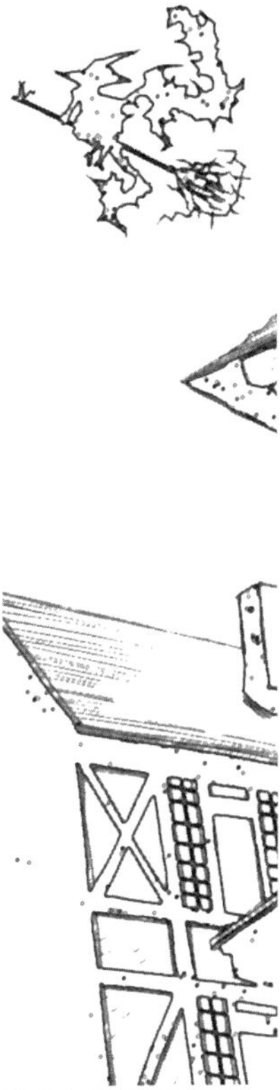

奇諾對著還在講話的漢密斯敲了一下，然後對仍舊低著頭的國長一行人說：

「不敢當，那我就恭敬不如從命了。」

奇諾她們被帶到了迎賓館。

雖說是迎賓館，但只不過是比一般房子略大的建築物而已。在奇諾的詢問下得知，這裡平常都被拿來舉行豐年祭、演奏會或當投票所使用。四周有國會議堂、國長官邸及法院等等。但是如果沒說明的話，還真不知道哪一棟是哪一棟呢！

唯獨那排建築物前的道路比別處還要壯觀。不僅路面寬廣，而且地面還如同柏油路般，全部以石板舖滿，此外，道路中央每隔一段距離就立著豪華的銅像。

國長介紹這條是這國家唯一的大馬路，而銅像則是有偉大功績的國長的指標。

他露出沉醉的表情，激動又自滿地表示自己總有一天也會被立銅像，因為永遠凝視這條大路是他這輩子的夢想，為此他也常常在努力等等。

奇諾向他們借用自來水，把自己跟漢密斯身上的污泥徹底沖掉。當她們全清洗乾淨時，美麗的橘紅色夕陽已經佈滿整片天空。

她們被帶去的房間果真非常豪華。奇諾把漢密斯停放在房間角落，並把行李卸下來。

國長原本堅持要在今晚舉行歡迎會，不過有個人倒挺機靈的，他說旅行者一定累了，等明天舉行也不遲。

結果奇諾被邀請到餐廳吃了晚餐，然後難得洗了一次乾淨的澡，便上床睡覺。

隔天早上。

奇諾還是一樣隨著日出醒來。

她在寬敞的房間裡做著運動，然後清理並練習使用插在右腿槍套裡那把她稱之為「卡農」的說服者。

正當奇諾吃著免費的早餐時，國長一行人來了，他們是特地來請她到官邸參加歡迎茶會的。

「鐵定會很無聊喲，奇諾，我可以保證。」

漢密斯用別人聽不到的耳語說道，奇諾邊說我知道，邊點頭示意。

「就當做是答謝人家免費供我們吃住，我們就奉陪到底吧！」

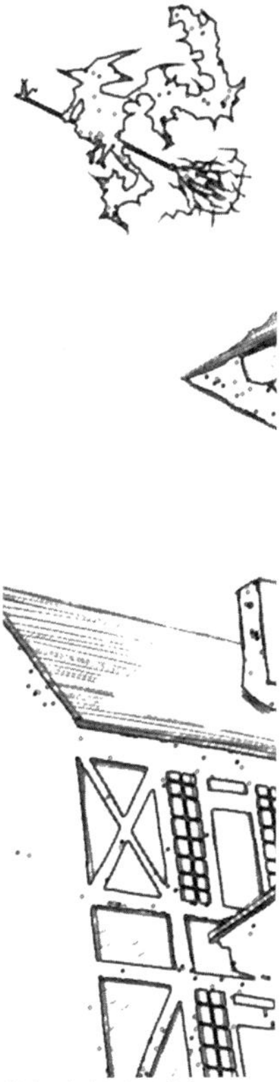

「是嗎?」

奇諾跟漢密斯走到大馬路上。天氣雖好，但充滿濕氣的風很強。國長說道：

「這個季節只有早上會吹強風，之後就風平浪靜了。」

奇諾在官邸的大廳接受茶會的招待，國長夫人跟達官貴族也在場。

剛開始聊的是奇諾的旅行見聞，不過馬上又轉變成國長的個人演說，主題是關於這個國家有多麼了不起。

譬如說偉大的祖先定居在這片原本到處是沼澤而無法使用的濕地，經過他們不斷努力的結果，提高了農耕的效率，並建立了這個幅員雖小但食物充沛的國家。現在大家都過著和樂融融，治安良好的生活。而昨天也提過了，對於在當代歷史留下值得讚揚之功績的國長們，就會幫他們立下銅像留傳後世。

「哎呀~我還不夠格呢，真的很丟臉。」

國長嘴巴雖然這麼講，仍不忘補充農作物的收穫量在他上任後又提高了百分之三。

聽著這些豐功偉業的奇諾也很有禮貌地回應他的話，卻發現身後的漢密斯早就呼呼大睡了。

接著奇諾受邀吃午餐，地點是官邸的餐廳，菜餚非常豐盛可口。

用完餐後，大家又回到大廳繼續喝茶。

就在國長說「話說回來，還有這檔事呢」，又要開始長篇大論的時候……

「國長！我有事求您幫忙！」

隨著高亢又中氣十足的聲音傳來，一名女子突然開門衝了進來，她年約二十五、六，穿著略有油污的連身服，筆直地朝國長的位子走去。

周圍的人雖然試圖阻止她，不過卻擋不下來。那名女子甚至沒注意到奇諾跟漢密斯，便直接站在國長的面前，從懷裡拿出一封信遞交給他。

「不行！要我說幾次妳才懂！」

之後，闖進來的女子跟國長你來我往地爭執好一會兒。

「只要兩座就行了！而且也只在那個時候而已！」

「就算一座也不行！妳把偉大的祖先當成什麼了？」

「難道你就不想留下偉大的功績嗎？我說過我能夠幫你建造銅像的，國長。」

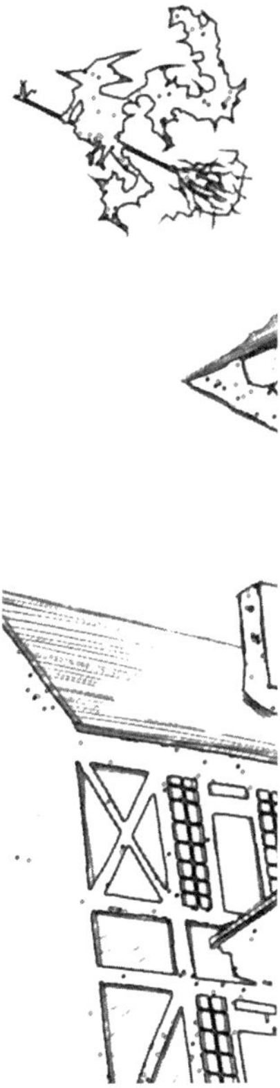

「我不需要妳的幫忙！我沒時間陪妳幻想！」

「不試試看怎麼知道呢？」

奇諾邊看他們兩人邊喝茶。

「不必試也知道！」

「你這個不通情理的傢伙！」

「真受不了妳，妳到底想怎麼樣！」

「我還想問你想怎樣呢！」

「夠了！」

「我還沒說夠呢！咦……等一下！不要碰我啦！」

兩人的對話轉變成對罵，直到女人被拉出去之後，事情才終告落幕。

國長大大地嘆了一口氣。他搖搖頭對奇諾說：

「真是糟糕，讓妳看到這麼難堪的場面。可是身為國長又得時時聆聽國民的訴求，不管訴求的內容為何。」

「原來如此，那剛剛那位的訴求是什麼呢？」

「就是把銅像推倒……呃，不過那不是旅行者妳要操心的事……倒是我們把話題拉回來吧！」

「啊，那個……」
奇諾慢慢地站起來，客氣的說道：
「你們的歷史我已經非常瞭解，謝謝您的解說，接下來我們打算自己在這個國家到處走走看看。不曉得可不可以呢？」

奇諾他們好不容易得到解脫，並從官邸走到大馬路上。
「你一直在睡覺對吧，漢密斯？」
奇諾一臉羨慕地對漢密斯說道。
「嗯，還睡得好熟呢！可惜被吵醒了。」
漢密斯說道。就在同時，奇諾看到剛才那個女子。她騎著腳踏車，用宛如摩托車的速度疾馳。
「對，就是她！」
奇諾上前追向那個女子，與她併行並向她打招呼。那女子則一面騎著腳踏車疾行，一面對奇諾

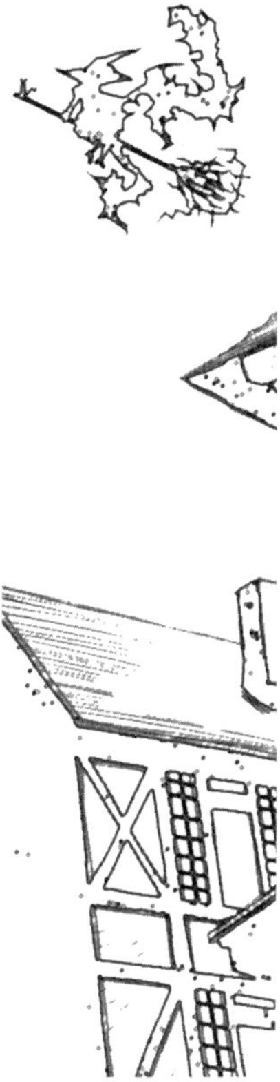

說話。

「妳是剛剛那個旅行者對吧？」

「是的。」

奇諾大聲回答。

「對不起剛剛鬧成那樣。」

「沒關係，也多虧那件事，才讓我得到解脫。」

聽到奇諾這句話，那女子噗哧地笑了出來。

「對了，請問妳為什麼想撤除銅像？」

漢密斯問道。那女子看了她們一會兒說：

「這個嘛……旅行者，請問妳們有空嗎？」

「有啊，只要妳不是說那些誇讚你們國家的話。」

「妳講話好直哦，帶妳去看一樣好東西，跟我來吧！」

女子說完就突然轉彎進入巷子裡。害騎過頭的奇諾連忙迴轉從後面追上。

來到還看得見城牆的國境外，人煙就比較稀少，不過旱田跟水田倒是增加了，還看見許多正忙

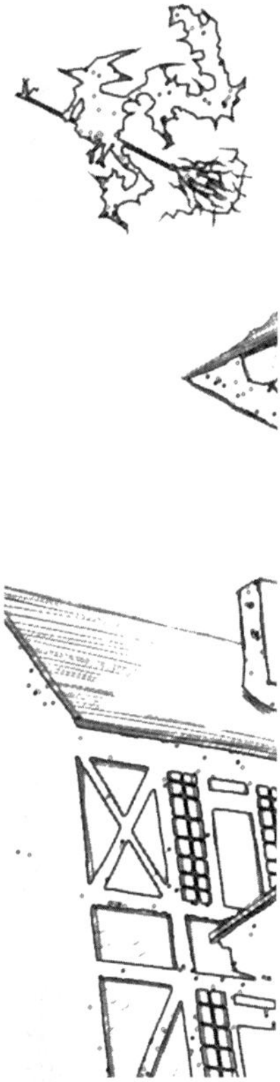

於農事的人們。

女人速度未減地鑽進一條又窄又彎曲的路，然後在一座四周都是旱田的大倉庫前面停了下來。旁邊有一棟雄偉的主屋及一輛附有起重機的卡車。

那女子把連身服的上半身脫掉，綁在襯衫腰際。接著用水沖洗汗水淋漓的臉，再用毛巾擦乾。她對奇諾說：

「歡迎來到我家，我叫妮妙，妮妙．奇哈契科瓦，請多多指教。」

「妳好，我叫奇諾，這是我的伙伴漢密斯。」

「妳好。」

妮妙略微打開倉庫的門，請奇諾跟漢密斯進去。

裡面烏漆抹黑的，悶熱的空氣裡混雜著機油味。

「我來告訴妳剛剛的答案吧！我希望大馬路能空出某種程度的直線距離，所以才希望他們解決一下銅像的問題。」

妮妙如此說道。奇諾訝異的問：

「為什麼要那麼做呢？」

「這個嘛……就是為了那個啦！」

妮妙說完便打開手邊的開關，從天花板垂下的燈慢慢亮了起來，通風扇也開始轉動。

天花板上吊著一座移動式的起重機，地板則堆滿了各種作業用的機器，屋子一角堆滿了鐵屑，裡頭還有幾張桌子，上面凌亂地放著一些文件，此外，屋裡還懸掛著好幾台腳踏車。

倉庫中央，有一台銀色的機器。

它的大小大概跟卡車差不多，有著像魚一般的流線造型，上頭有類似背鰭跟尾鰭的東西，它的另一端裝了三片類似風扇般的葉片，從主體則突出兩塊左右對稱的大型板狀物，寬度比總長度還長，從突出物下方延伸出來的兩支腳架前方則裝有輪子。

「那是什麼？」

奇諾苦思一會兒後開口問道。

「它還沒有名稱耶。」

妮妙說完話便把頭轉向奇諾他們，然後露出大膽又美麗的笑容說：

「我啊，想乘著它在空中飛翔。」

奇諾馬上問她：

「坐上它就能在天上飛嗎？怎麼飛？」

妮妙點點頭，旋即向奇諾說明：

「當電風扇對著風，就算板子呈水平狀也不會發生什事對吧？不過角度稍微往上揚的話，加諸在板子後方與上面的力量就會發生作用。這跟騎腳踏車時把頭抬高的話，帽子就會飛走的原理一樣。既然這樣，只要在稍微有點角度的板子上固定某個物體，再讓那個物體用腳踏車或什麼的以某種程度以上的速度奔馳的話，板子就會被往上帶起，那個物體應該就會在天上飛行了。就這個機器來說，兩旁突出的板子是用來當做葉片促使空氣流動，使機器往前進。」

奇諾聽完她的話，只講了一句：

「……虧妳還想得出這種點子。」

「還好啦！不過它到現在都還沒有實際動過。為了要讓它飛起來，需要平坦、筆直、而且超過某種長度的跑道才行。我找遍這個國家裡裡外外，就只有那條大馬路而已。不過建在上面的銅像卻

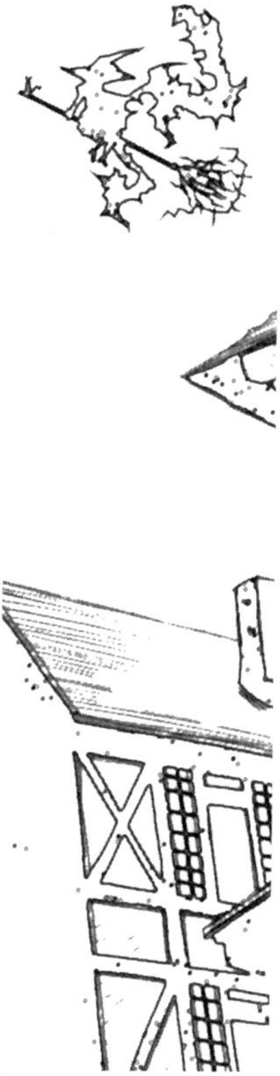

很礙事，真的很擋路。」

「原來如此，結果國長卻極力反對……而且他覺得那是不可能的事對吧？」

「沒錯，不只是國長，這國家的每個人都覺得人類駕駛機器在天上飛是絕對不可能的事，就算我很誠懇仔細地跟他們解釋這些理論也完全沒用，所以我才決定與其向他們解釋理論，倒不如直接證明給他們看。」

「喔……」

奇諾看著露出金屬原色的機器。機體前方裝著有九具氣缸呈環狀排列的引擎。

妮妙端茶出來給奇諾。接下茶杯的奇諾問：

「好特殊的香味哦，這是什麼茶啊？」

「嗯？在這個國家是很普通的茶喲！希望合妳的口味。」

然後妮妙坐桌上，奇諾則坐在椅子上。

妮妙突然想到什麼似的問道：

「對了漢密斯，你身為一台摩托車，不曉得懂不懂我的意思？你覺得照我的理論，它的機能算不算完全呢？」

漢密斯立即答道：

「我懂，聽完妳的說明我就馬上懂了。儘管我的答案是可以，但是大姊姊，妳自己覺得呢？」

「…………！」

面對這個問題，妮妙突然說不出話來。不過她馬上說：

「會飛！我的理論絕對沒錯，所以它一定會飛起來！」

妮妙用力握住手上的馬克杯，裡面的茶濺了一些出來。奇諾則啜了一口自己的茶。

「說的好，就外型看來，這東西會飛喲！而且也能夠操控，現在只欠一條又長又平坦的跑道。」

漢密斯說道。

「太好了！」

「嗯——……」

妮妙開心地跳了起來，奇諾則是嘴巴唸唸有詞。

可是妮妙馬上又嘆起氣來。

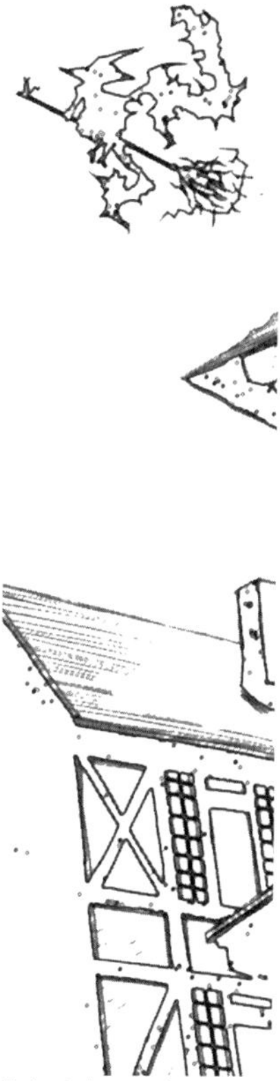

「跑道啊，那才是最難解決的問題呢……」

就在這個時候，外面傳來汽車聲。接著響起非常劇烈的敲門聲。

「妮妙．奇哈契科瓦，能不能請妳開門？是我。」

是國長的聲音。妮妙咋了一下舌頭，很不甘願地按下桌子旁邊的按鈕。於是倉庫的鐵門慢慢拉開，陽光照了進來。以國長為首，大約十幾個人蜂擁而入。

「你好，國長。你特地大駕光臨，是不是決定答應我的請求？」

「當然不是……咦，旅行者？妳怎麼會在這裡？」

「我們在開茶會，當然她也聽過整個來龍去脈了。還是說我不能招待客人呢？」

國長明顯地露出不快的表情。不過他又很努力的故作鎮定。

「妮妙，關於那件事，我有話跟妳說。」

「什麼話？」

「只要非犯罪行為或不違反社會福祉的情況下，國民有權選擇並從事自己想做的事情。可是基於擔任國家營運者的身份，我不可能放任妳做出搭乘那個機器在空中飛這種浪費時間跟金錢的傻事。」

國長用緩慢的語氣威嚴十足地說道。妮妙一面很有禮貌地盯著國長，一面簡短地說：

「它一點也不無聊，我話說完了。」

奇諾跟漢密斯都聽到國長咬牙切齒的聲音。

一名中年男子開口說話了。

「國長，現在怎麼跟她說都沒用。這女人已經瘋了，您看看她做這什麼奇形怪狀的機器。」

「不要亂碰好不好！」

妮妙對靠近飛行器的男人說出嚴厲的話。男人「嘿」一聲地笑了，並且說：

「我才不會碰這種怪東西呢！」

男人站在前面看了一看，然後用很不屑的語氣說：

「唉～好好一個引擎拿來用在這種東西上面……我怎麼看都覺得它像是巨型電風扇。」

「沒錯，它的原理就跟電風扇一樣。」

「什麼？那它要怎麼動才會在天上飛？我這個人比較笨，可以請妳教教我嗎？」

現場響起許多人的笑聲。妮妙說：

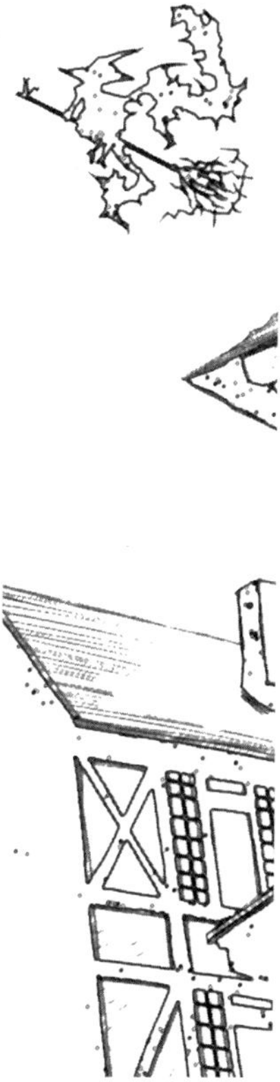

「首先，那東西能牽引整具機器喲！」

「牽引？用那個風扇嗎？」

「沒錯！所謂的送風，指的就是在電風扇後方有股往後推動的力量，當位於前方的風扇高速迴轉，再朝機器送風的話，機器本身就會動起來，並往前進喲！」

妮妙說完這些話約兩秒後，男人笑了出來。

「嘻嘻嘻嘻嘻！說得好！」

「有什麼好笑的！」

「嘻嘻嘻！不是啦，我也用電風扇好幾年了，嘻嘻嘻！可是它從來就沒從桌子上移動過！嘻嘻嘻！啊——好好笑哦！」

男人拼命捧腹大笑。其他幾個人也笑了起來。

「那是因為電風扇的臺座很穩，跟桌子產生足夠摩擦力的緣故啊！不然你們試著把它擺在又大又平坦的冰上試試看，而且把風力開到最強！」

妮妙雖然極力說明，但男人笑到邊擦眼淚邊說：

「哈——這樣的話，那到底要用什麼咒語，才能讓這個巨型電風扇動起來呢？」

突然間，整間倉庫因為這句話而響起哄堂大笑。妮妙喃喃地說：

「可惡——這群不明事理的傢伙！」

當笑聲一下子恢復平靜之後，另一個男人對妮妙說話了，口氣倒是很平常。

「不然多妥協一點好了，如果這個機器能動起來，畢竟它有裝輪胎呢……它就會飛上天嗎？」

「沒錯！只要速度夠快，那對翅膀就能受風。」

妮妙指著翅膀說。

「妳說的翅膀，難不成是指那兩側突出的扁平物？」

「是的。」

「這個嘛……應該是設計錯誤吧？」

男人面色凝重地說，妮妙馬上反問：

「你說什麼？」

男人刻意用正經八百的語氣裝模作樣的說：

「因為妳把它固定起來了……照理說翅膀不是要上下揮動嗎？」

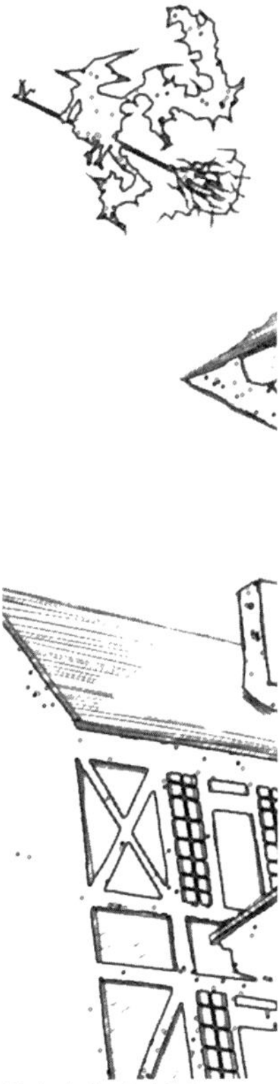

此時笑聲又再度響起。妮妙再次回答說：

「這翅膀可以不必上下揮動啦！當風從前面穿到後面的時候，翅膀上下就會產生空氣的量差喲！如此一來就會產生往上飛的力量。我會實驗給你們大家看的。」

妮妙打開桌上的電風扇。

她拿了塊板子在風的前面斜放著，板子開始往上飄。

「怎麼樣？就跟這原理一樣喲！」

男人並沒有大吃一驚，反而淡淡的說道：

「板子那麼輕，當然會浮起來。不過這個怪機器大約有多重？還有，妳的體重是多少？」

「…………」

笑聲第三度傳了開來，妮妙則是愣住不發一語。此時國長開口了：

「好了好了！不要再跟她說這種不正經的話了！」

妮妙慢慢地說道：

「難道你們就不想試試看嗎？」

「如果是為了做這種事而把偉大的銅像弄倒，那就免談。難不成妳會為了做跟螞蟻講話的實驗，而把自己的房子拆掉嗎？」

「只要有些微的可能性，就算明天馬上進行實驗我也願意。到時候希望您務必幫忙。」

妮妙瞪著國長說。國長則搖著頭說道：

「真是的，我還以為妳會做出什麼對農業有幫助的機器……想不到妳卻把父母親辛苦留下來的財產亂花一通……」

「我才沒有亂花錢呢！這東西真的會飛！」

「假如妳是魔法師的話囉！不過那東西當掃帚未免太大了點吧？」

有個人出聲取笑她，結果大家全笑了起來。國長在妮妙面前下了最後通牒：

「明天中午我們會來拆除這個奇怪的機器。很抱歉，只要這東西在這世上一天，就治不好妳的妄想症。這是國長的緊急命令。政府會收購妳的引擎，把它當發電機使用。妳還有什麼話想說嗎？」

「有。」

「什麼話？」

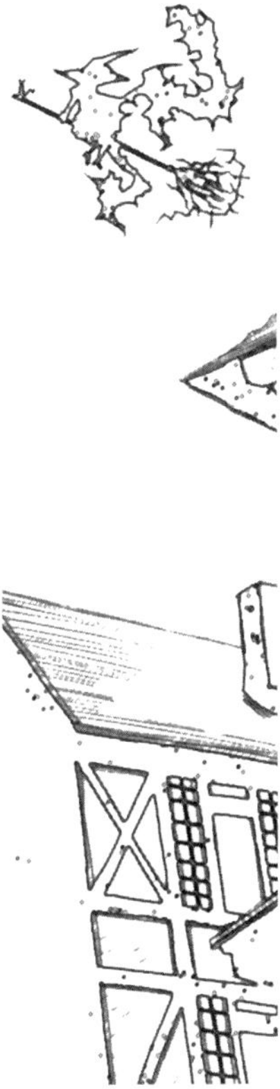

「能不能請你把銅像移走？」

回答馬上出現。

「休想！」

「…………」

「好了各位，今天就到此為止。先回去吧，我們明天再來。」

國長說完便往回走，其他人也走出了倉庫。

空蕩蕩的倉庫只剩下通風扇的低吟聲。

妮妙把早已涼掉的茶一口氣喝光，然後對剛才在旁邊靜靜看著的奇諾跟漢密斯說：

「呼——正如妳們看到的，一點都不無聊吧？」

「嗯，是啊……這裡還有一個人哦。」

「嗯？」

妮妙回過頭，一名衣著整潔的青年還留在倉庫裡，臉色凝重的看著妮妙。

妮妙對奇諾跟漢密斯說：

「我來跟妳們介紹，他是我未婚夫，我跟他也好久沒見面了。」

奇諾跟他打了聲招呼。接著這名未婚夫緩緩走向妮妙並說：

「妮妙，這下子妳總該明白了吧？說真的，能不能請妳別再做這種事呢？」

「『這種事』是指什麼？」

「就是妳想乘著機器在天上飛這件事。雖然我不想把話說得太明白，可是我知道妳父母留下來的遺產已經所剩無幾了，再加上妳最近三餐不正常，搞不好下個禮拜起連生活都會成問題呢！」

「……」

「明天就過來跟我一起住好嗎？妳就搬離這裡吧！」

「……」

「他似乎沒什麼惡意，可是正因為如此……」

漢密斯對奇諾這麼說，不過奇諾卻舉起食指在嘴巴前作勢要他別再說了。

妮妙的未婚夫溫柔地對不發一語的妮妙說：

「今晚我可以留下來嗎？我有話想跟妳說。」

「……不行，我還有事情要做。」

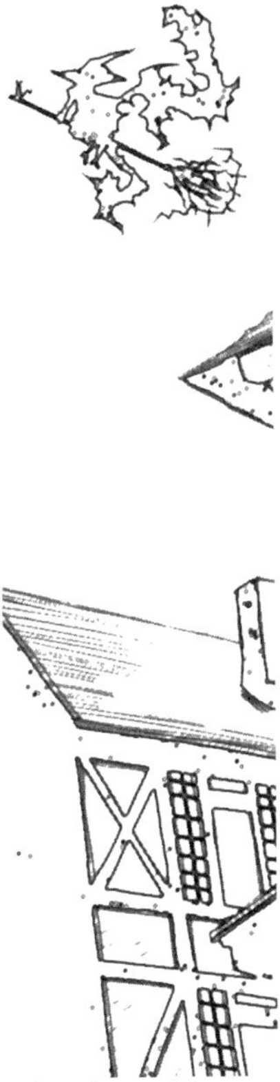

妮妙慢吞吞地答道。

「什麼事？可以讓我幫妳嗎？」

她未婚夫連忙改口這麼說，不過妮妙還是搖頭拒絕。妮妙抓著他的前襟，使勁拉向自己，然後輕輕地吻了他的唇。

「不用了……今天你先回去，明天我再跟你聯絡。」

青年走出倉庫後，拉門就完全緊閉了。

妮妙慢慢走近飛行器，「砰！」地用手拍打它的銀色機體。

「已經沒時間了！明天，早上，我就要讓它飛。等它飛起來之後，那些傢伙就知道自己有多頑固了！」

「現在只剩跑道的問題。」

漢密斯說道。

「沒錯！只要解決那個問題就可以飛了。只要飛得起來，一切就在我們掌握之中了。接下來無論要做什麼都無所謂！要我直接衝進國長官邸也行！」

「真的嗎？」

漢密斯開心地問道，妮妙又恢復原來的口氣說：

「……這個嘛，姑且先別談吧……讓我們冷靜的思考吧！」

妮妙走回桌旁，奇諾把椅子推向她，她輕輕道聲謝就坐了下來，奇諾則靠在漢密斯身上。

「這樣的話，滑行距離就太短。不管我怎麼計算，如果在早上風最強的時候起飛，還是有一尊銅像會造成妨礙，無論怎麼往上飛都會掃到的。」

妮妙看著寫滿算式的紙張說道。漢密斯問：

「就算把引擎轉數調到最高也不行嗎？」

「還是不夠。」

妮妙跟漢密斯嘆起氣來。一直沒機會發言的奇諾，這下突然淡淡地說：

「如果在銅像前面堆個土堆讓它向上衝呢？以摩托車來說的話，那樣就能越過障礙物了，所以這個機器一定也辦得到。」

妮妙直盯著奇諾看，奇諾又補上一句：

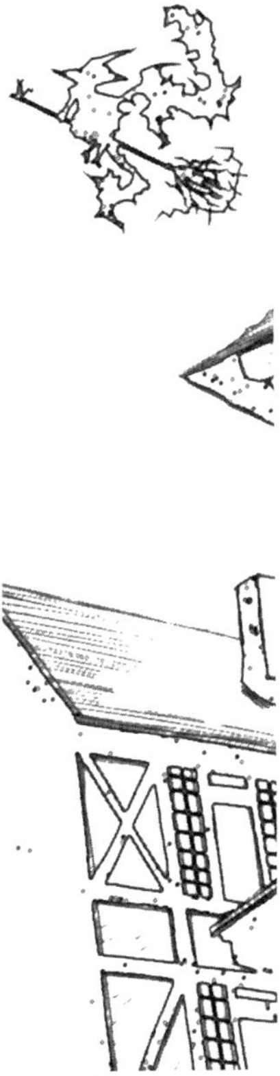

「……或許啦！」

妮妙想了一下，然後說：

「說的也是，這樣的話，就算不用撤除銅像也……這方法或許行得通哦！」

「奇諾，妳挺聰明的嘛！」

漢密斯開心地說道，奇諾則輕輕搔著頭。

「嗯？喔，謝謝你的讚美。」

「等一下，我來計算看看。」

妮妙聚精會神地在桌上不斷計算，可是接下來又愁眉苦臉地說：

「不行，就算在銅像前加跳台，但初速還是不夠。這樣在跳起來之後，就會馬上墜落的。」

「行不通啊……」

「不過這個點子倒是可行，只是卡在初速的問題而已。如果那個問題能解決的話……」

這時候奇諾又淡淡地對漢密斯跟妮妙說：

「就像說服者的子彈一樣，只要用火藥一次把它打出去就行了。」

妮妙看了一眼奇諾，馬上搖搖頭說：

「那是不可能的。我瞭解妳的意思，不過要把這個龐然大物射出去，也需要非常大又堅固的發射筒啊！況且那麼做會把機器搞壞的。」

「這樣子啊……」

「這次出的點子完全沒用，真是遺憾。」

漢密斯說道。奇諾用食指模仿掌中說服者……

「砰！」

對著自己下方的漢密斯做出開槍的手勢，再把右手舉起來。

看到這個景象的妮妙皺了一下眉頭，然後詢問奇諾：

「奇諾，妳剛剛模仿的是開槍的手勢對吧？」

「啊？是的。」

「而且還把右手舉起來？」

「是的，因為這把說服者的後座力很強。」

奇諾敲敲腿上的「卡農」說道。妮妙的表情突然像失神似的呆住了。

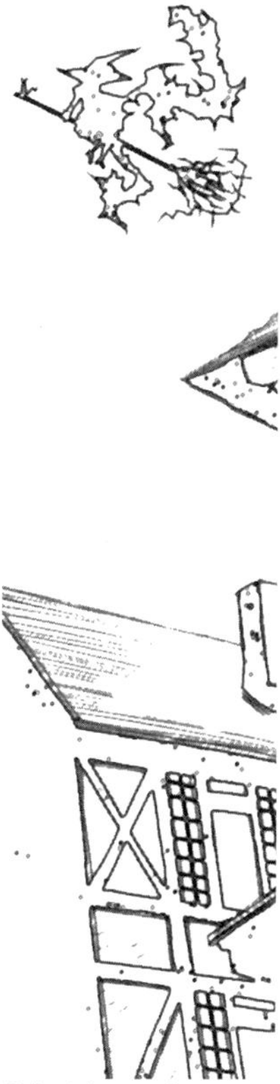

接著她突然大叫：

「就用這個！」

「咦？」

「不是用子彈，只要利用那股後座力就行了！就像連續開槍那樣，在圓筒裡填充火藥，讓它持續燃燒，再以高速噴出瓦斯就行了！只要為機器裝上幾根那種圓筒，就能在剛開始時衝出最快的速度了！」

妮妙指著倉庫裡的東西，

「圓筒也有！火藥也有！一定可行！」

「是嗎？原來如此！奇諾，妳果然聰明耶！」

漢密斯也興奮地大叫。

只聽到奇諾唸唸有詞地說：

「……什麼？」

隔天，也就是奇諾入境之後第三天早上。

就在天剛亮的時候，同時也是國長還在睡覺的時候。

當時他正在涼爽通風的床上舒服地睡著。

當陽光透過窗戶照進來，風也越來越強的時候，他被大馬路上的吵雜聲給吵醒了。卡車的引擎聲低響，還「卡嘰！」地發出安裝什麼東西的聲音。

這時，傳來一陣急促的敲門聲，他的部下慌慌張張地走進來。

「國長！請、請你看看外面！」

國長胡亂披上衣服，衝到了大馬路上，接著，他當場嚇得說不出話來。

原來位於官邸前方，高度最低又最穩固的銅像，竟然成了跳台，看起來就像銅像正抱著鐵管跟鐵板！

「早安，國長。」

奇諾笑容滿面地對國長打招呼，並從他眼前通過。她在人行道與車道之間拉起了繩索，繩索上懸掛著黃布條，上面還用黑字寫著「危險，請勿步入跑道」。

國長朝隔壁的銅像望去，只見銅像前停放著一架機器，銀色的機身在晨光照耀下閃閃發亮。那

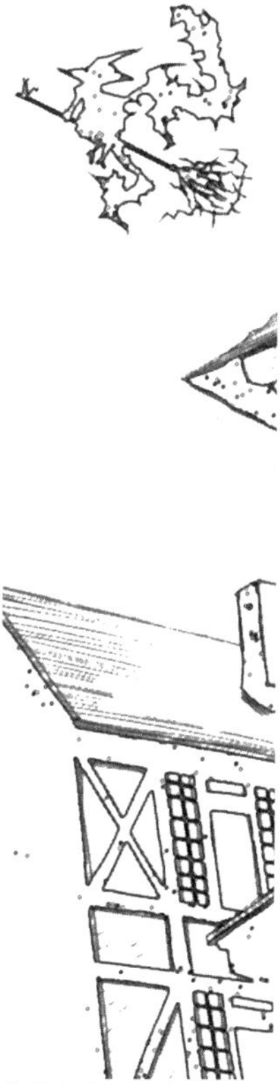

是他昨天在倉庫看到的飛行器。而今天機身下方竟然多出好幾根粗大的圓管。旁邊則是奇哈契科瓦家的起重機卡車。

國長連搖好幾次頭，訝異的直眨眼。

至於奇諾，她早已迅速地在對面人行道拉好繩索，有幾個人訝異地觀望到底發生了什麼事，奇諾笑著說：

「各位，請不要超越這條繩索，很危險的。」

而漢密斯則是停放在飛行器的斜前方。穿著連身裝的妮妙，在漢密斯的載貨架綁上繩索，繩索前端則是飛行器的輪擋。

妮妙爬上飛行器，坐進機體上的駕駛座，然後戴上工作用的防風眼鏡跟手套，再綁上四點式的安全帶。

妮妙對跨上漢密斯的奇諾揮揮手，然後舉起大姆指表示一切準備就緒。

於是奇諾發動漢密斯的引擎，轟隆隆的引擎聲響徹整條馬路。國長連忙跑過來詢問奇諾：

「旅行者！這到底是怎麼回事！」

「國長先生，這裡非常危險，請您退到旁邊去。」

奇諾還沒說完，突然響起比漢密斯的引擎大三倍的引擎聲。飛行器的引擎隆隆作響，巨型電風扇轉動了起來。

國長說了些什麼，不過奇諾完全聽不到。

噪音引來了人潮，把大馬路的人行道塞得水泄不通，還有人從屋內觀看。

奇諾手往外推，示意要國長往後退，然後再回頭看著妮妙。

飛行器的引擎聲變得更大聲了。

妮妙雙手握拳高舉，在頭頂上交叉，又迅速張開，接著奇諾就讓漢密斯急速前進，飛行器左右兩邊的輪擋同時被拉了開來。

飛行器開始往前滑行。不出一秒鐘，引擎聲變得比原本還高三倍，而機體下的圓筒則使勁往後噴出濃密的白煙。

「要爆炸了！」

「不，沒事的。」

國長驚慌失措地大叫，漢密斯則是自言自語地喃喃說道。飛行器彷彿被隱形巨人踢了一腳似的

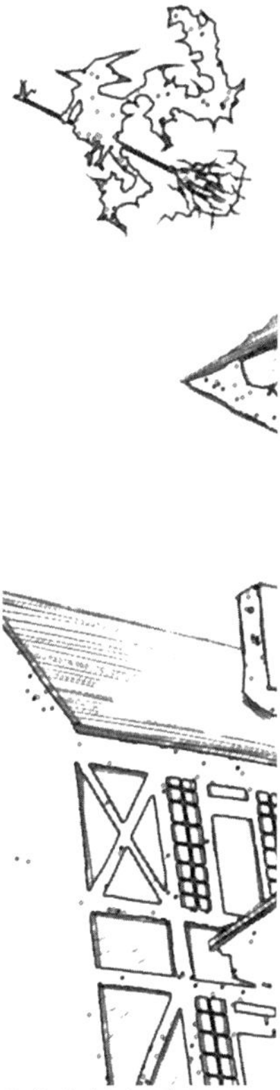

加速，一股腦兒地衝向了跳台，四周的建築物因為隆隆的巨響而震動，在場看熱鬧的人們則跟著以迅雷不及掩耳的速度轉頭望向另一邊。

飛行器在一瞬間衝上了跳台，然後噴著煙順風往上飛。

因為濃煙瀰漫的關係，奇諾看不見飛行器。可是當風把煙霧吹散時，就看到它的影子在晴空裡越變越小。停止噴煙的圓筒則一個個從機體脫落墜下。它們全落在郊外的沼澤地帶，還噗滋噗滋的陷進沼澤裡。

這時，越飛越遠而小到看不見的飛行器轉了一圈回來了。這次它的機體則是越變越大。

不久它就隨著噪音飛過抬頭仰望的人群頭頂。除了奇諾以外，其他人全都目瞪口呆的目送著它。嘴裡還唸唸有詞的說：

「飛了……那麼重的東西竟然在天上飛……」

「機器在飛……」

「真叫人難以置信……不可能……可是……」

「人會飛耶……」

自從妮妙飛上天之後就微笑個不停的奇諾問漢密斯說：

「有何感想？」

漢密斯則冷冷地回答：

「是有一點羨慕啦，就這樣而已。」

在空中的駕駛座上，妮妙大叫著：

「飛起來了！它飛起來了吧！真的飛起來了！我的理論並沒有錯！計算也沒有錯！實驗也沒有錯！我並沒有白白浪費時間跟金錢！」

然後飛行器突然上升，接著在空中做了一個迴旋動作。

「它真的能飛！也能夠操縱！我沒有錯！」

妮妙駕著機器翻了好幾次筋斗、上下倒飛或不斷地急轉彎。

不久，飛行器慢慢恢復水平飛行，妮妙喃喃說道：

「唔——好想吐哦……」

「各位！」

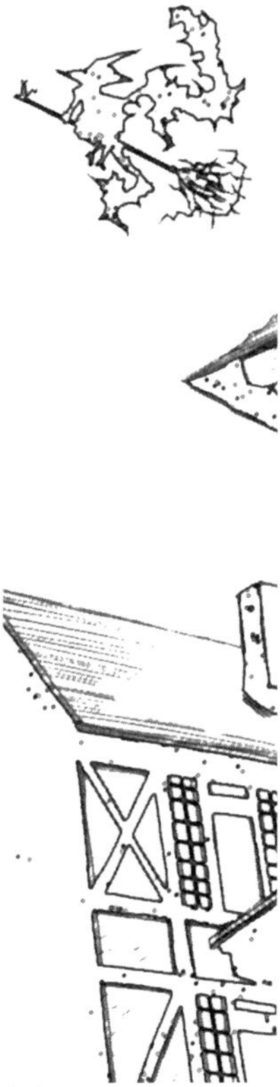

突然間，奇諾大聲地向看到入迷的人們發表演說。

「如果要讓現在飛在天上的那個物體平安降落到地面，需要一條很長的滑行跑道。如果大家願意幫助那位完成偉大壯舉的人平安回到地面，麻煩請幫忙拆除三座銅像，如果能拆掉四座那更好。」

「知、知道了。我們馬上動手。」

站在旁邊的國長拼命點頭說道：

「大家！快移開這些礙事的銅像！快啊！」

在國長的發號施令下，許多人馬上聚集過來幫忙。他們利用妮妙的卡車跟起重機把銅像連同底座拔起來，剩下的洞則鋪上剛剛用來當作跳台的板子，在拼命趕工下拆掉了七座銅像。

結果一下子便清出一條又長又筆直的道路，數不清的人們則從兩側聚集過來。

好不容易飛行器準備要降落在大馬路上了。它慢慢往下降，當三個輪胎同時觸碰到地面時，引擎停了下來。

靠慣性滑行的飛行器幾乎滑到奇諾的眼前才停了下來。

居民們戰戰兢兢地圍住機器。當妮妙拿下防風眼鏡從座椅上站起來時，周遭響起了一陣歡呼聲。奇諾跟漢密斯則站在後方遙望這幕景象。

「妮妙……」

第一個跟她說話的是她的未婚夫。

「怎麼樣?跟我說的一模一樣吧?」

妮妙開心地大叫，並敲著機體說：

「我們就乘著它去蜜月旅行吧!明天我就嫁給你!」

妮妙的未婚夫一面抬頭看她，一面慢慢說：

「我都不曉得……妳是……不，您是……」

妮妙露出詫異的表情，她未婚夫大叫：

「您竟然是個魔法師!」

「咦?」

「我不但沒發現您是魔法師，連過去的言詞都很瞧不起您，還做出非常不尊重您的行為。請您務必饒恕毫無力量的我們!」

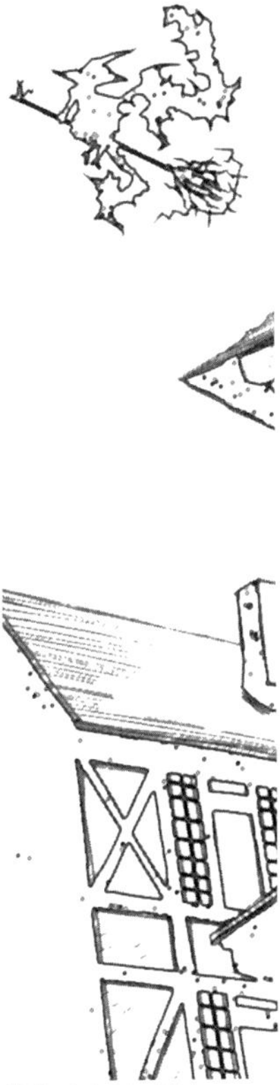

「啊？」

當妮妙再次發出含糊的聲音時，她未婚夫居然就跪在道路中間，而且這就像是什麼暗號一般，居民們也開始一一跪向地上，於是，只見人群以妮妙跟飛行器為中心，跪下來的行動一圈一圈向外擴散開來。

饒了我們！饒了我們！請原諒！饒了我們！拜託原諒我們好嗎？拜託原諒我們！饒了我們！饒了我們！請原諒！饒了我們吧！

「咦？等、等一下啦！你們大家！」

妮妙被嚇得目瞪口呆。

「妮妙小姐啊！偉大的魔法師啊！過去是我們不對呀！」

跪在地上的國長把頭抬起來說：

「請用您的力量來引導毫無力量的我們吧！從今天起，您就是這國家的領導人了，我這個國長就當到今天為止！我在此宣佈這個國家是屬於您的了，請您收下吧！」

「…………」

正當妮妙被國長熱情的眼光嚇到啞口無言的時候，奇諾慌慌張張地把行李從卡車搬到漢密斯上面。

有人逮住了奇諾，眼神也是非常激動。
「旅行者，難不成您也是魔法師？如果真是那樣，請您留下來幫助毫無力量的我們——」
「不行！我要離開這個國家了！」
奇諾把帽子跟防風眼鏡戴上，妮妙則步下從飛行器走向奇諾，人群馬上讓出一條路來。
奇諾對妮妙說：
「我們要出發了。」
「咦，等一下啦！」
妮妙訝異的說道。
「對不起，我們再不走，只會讓事情變得更複雜的……恭喜妳成功了。」
「恭喜妳，我好感動哦！」
漢密斯也說道。
妮妙看了看四周之後嘆了口氣。然後又對著奇諾她們說：

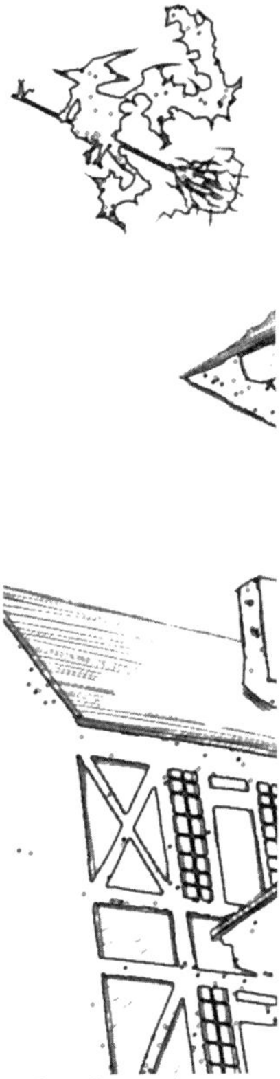

「謝謝，這全都是託妳們的福。」

妮妙瞇著眼睛說：

「……或許妳們只是碰巧或基於好奇心才來到這個國家，但我覺得這是上天的安排。要不是遇到妳們，這機器可能會被破壞，我只能一輩子過著失意的人生……我說這些話並不是在開玩笑，我真不曉得該用什麼話來表達我的謝意。」

妮妙一面微笑一面伸出手來，奇諾也伸出手跟她相握。

這時奇諾又說了一次。

「恭喜妳……我真的非常開心。」

「我也是……保重哦！」

妮妙目送他們離開，直到摩托車轉過彎再也看不到為止。然後看著那群圍著自己跪拜的人們呢喃道：

「好～吧，接下來該怎麼辦呢？」

奇諾跟漢密斯通過無人防守的城門後，駛出了國境。

沼澤雖然還是那麼多，不過道路倒是沒有那麼泥濘，應該會比剛來的時候好走才對。背對著越來越小的城牆，漢密斯開心的說：

「哇～感覺好開心哦！尤其是看到大家驚訝的表情！因為屎尿未及而突然嚇一大跳。」

「……是始料未及吧？」

「對，就是那句話。」

說完之後，漢密斯就沒說話了。

摩托車繼續在沼澤地帶的道路前進。

過了好一會兒，奇諾突然說：

「不過……的確是讓人嚇一跳，真驚人呢！」

「就是說啊，還說什麼『是魔法！請饒恕我們吧！』來著，我看這誤會大概沒那麼快解釋清楚，搞不好不久的將來還會建立她的銅像呢！」

漢密斯說道，奇諾稍微沉默了一下。

「……不，我不是說那個……」

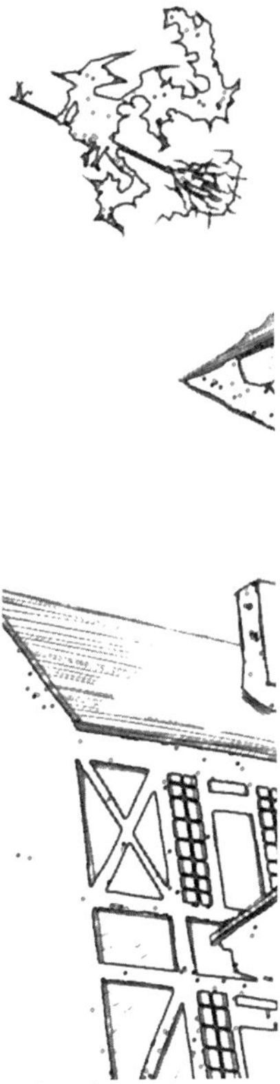

「魔法師之國」
—Potentials of Magic—

「嗯？那妳是什麼意思？」
漢密斯輕聲詢問含糊其詞的奇諾。
「我萬萬沒想到那個機器真的會在天上飛。」
奇諾回答道。
「奇諾？妳剛剛……說什麼？」
「我說我沒想到它會飛，在空中乘著會飛行的機器耶！她說的那個在電風扇前的板子理論是可以理解啦！但還是很難以置信……。好厲害喲！」
過沒多久，摩托車一面發出規律的引擎聲，一面平靜地奔馳。路旁的水鳥群發出像被扭斷脖子似的叫聲，然後又同時飛了起來。
「奇諾！既然這樣，那妳為什麼幫她？」
漢密斯大聲問道。奇諾則淡淡地回答說：
「為什麼……我想說如果順利飛起來的話，就當做多開了一個眼界。失敗的話，她就會死心了。而且……」
「而且什麼？」
「我也閒閒沒事。」

當空氣沉默了好一會兒，漢密斯戰戰兢兢地問：

「……那、那麼，假設……我說假設喲！如果那個國家很有趣的話，妳還會去幫忙嗎？」

「可能不會吧！就算人家跟你說那種東西能在天上飛，一般人應該也都無法相信吧！」

「…………」

然後，奇諾再度對著啞口無言的漢密斯說：

「想不到它真的飛起來了，真像施了魔法一樣，叫人好訝異哦！能夠見識到那麼厲害的東西，我們辛苦從泥濘跋涉到那裡還真是有價值呢……你怎麼了？漢密斯？」

「喔，沒什麼，我只是在思考關於人類潛能高低的問題。」

「喔——……」

面對漢密斯帶著沉思的呢喃，奇諾只是含糊回應。

此時摩托車又悠哉地在沼澤旁的道路上奔馳。

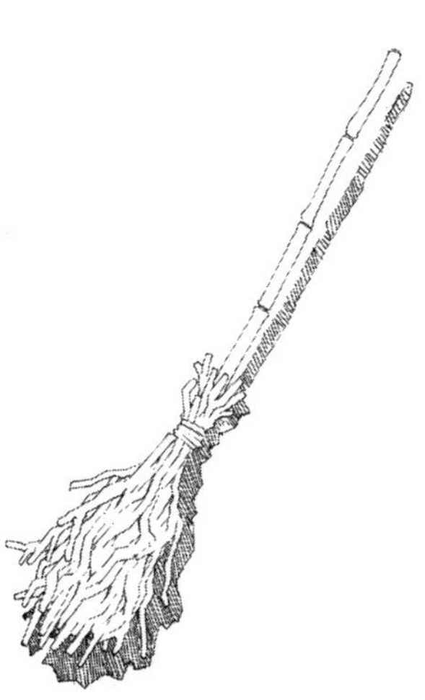

第四話

「言論自由之國」

—*Believers*—

第四話「言論自由之國」

—Believers—

媒體廣場日報

（八九三年　鹿月五日）

旅行者對男子開槍　警方視為正當防衛

四日白天在城鎮西側第五十六街發生了一場槍擊事件，該事件為兩天前入境的旅行者（年齡不詳），對附近的一名男性上班族（55歲）開槍並導致對方身受重傷。警方認定旅行者為正當防衛，而該名旅行者已經在傍晚離境。但警方今後將針對正當防衛及說服者的持有狀況展開討論。

「因懷疑對方有竊盜意圖」　男性上班族受重創需療傷整月

四日上午十一點二十九分左右，在西五十六街的路上，有位兩天前入境觀光的旅行者，因不滿

一名路過的男性上班族企圖接近觀看其停放在路旁的摩托車，而與這名男子發生了口角。就在該名男子企圖靠近旅行者時，旅行者突然拔出身上的說服者並連開兩槍，子彈擊中該名男子的右肩及右腳。傷者立刻被救護隊送往附近的醫院，據了解其傷勢相當嚴重，約需療傷一個月。

該名旅行者隨即接受獲報前來的警方偵訊，他宣稱男子企圖偷走其摩托車，且先動手打人，他並堅稱自己為正當防衛。警方在斷定旅行者無過失後，已准許其於傍晚離境。

由於案發現場位於西門前，正是白天購物人潮眾多的商店街，因此案發當時曾引起一陣軒然大波，幸好無人被流彈波及。

就「正當防衛」的開槍案例來說，四日之前在南區曾發生一名青年毆打巡邏員警事件，當時另一名警官在毫無預警的情況下開槍，導致對方身中十四槍身亡。當時警方也認為該名警官是正當防衛，但對於公開濫用國家權力進行的射殺行動一事，卻引發市民發動遊行抗議。（相關報導請見第三十九版）

路上的殺機？接二連三的「正當防衛」慘劇

和平的街道傳來一陣響徹雲霄的槍響，接著是一片哀號——。在白天人潮洶湧的街道正中央，發生了這件槍擊事件。

現場可看到一名男性坐在地上，他的肩膀和腳不斷地流出鮮血；以及一名年輕女性，正拼命幫該名男性急救。根據目擊者的說法，有一名旅行者左手持著剛開完槍的說服者，也沒有救助傷者，只是冷眼旁觀著一切。

該名男子為五十五歲的上班族，在一家優良企業工作，該企業以醫療器材在市場佔有率居首位自豪。案發當天，該名男子為公事來到西區，事情則是發生在他跟同事在附近餐廳聚餐完，走到大馬路上之後。

在整合過被害人同事的說法得知，當時該名男子在大馬路上高聲談笑，看到停在路旁的摩托車便上前靠近了幾步，同時還開心地對同事說：「這輛摩托車不錯耶」。這時候摩托車主人臉色大變地走過來，還用相當強硬的口氣警告該名男子。

男子雖然口氣委婉地警告旅行者，但對方不理不睬。還氣憤地命令男子立刻離開他的摩托車。男子準備再次警告而走向旅行者一兩步的時候，旅行者竟然在無預警的情況下對他近距離開槍，結果該男子的右肩中彈，右腳也被擊中，而且因為受不了疼痛而當場倒地。

該名男子被送往醫院後雖經過緊急手術，但因傷勢過重，需要治療約一個月才能完全痊癒。尤其是射中右腳的子彈，貫穿處跟動脈只差約一個拳頭的距離。手術的主治醫生表示，「打中的地方如稍有差池，也可能陷入很危險的狀況」。而該男子也因為驚嚇過度而記憶錯亂，完全不記得事情發生的前後過程。

趕往醫院的家屬看到該男子躺在病床上，也一樣無法承受這個事實，表示「不知道怎麼會發生這種事」。到了傍晚，當他們得知警方裁定旅行者屬正當防衛，並讓他若無其事地離境，便悲傷地說「他又沒有做什麼壞事，還單方面遭到槍擊，對方卻獲無罪釋放，我們到底該向誰發洩這股怒氣？」男子的辯護律師則表示「不能再放任警方如此蠻橫的行為」，他打算對裁定正當防衛的警方提出告訴。

有識之士的談話

裁定正當防衛等於輸掉整個國家

（湯尼．梅特涅　前南區地方法院院長）

我認為那名旅行者在可避免的情況下開了槍。我們不難想像他是仗著自己是旅行者，只要馬上離境就能夠輕易躲過制裁。旅行者在毫無預警的情況下不由分說地開槍，看來非常狡猾好戰。沒能限制他離境，在法庭好好制裁他，堪稱這個國家的失敗。我個人感到非常遺憾。

認可過當的開槍行為

（尼赫．魯哈托巴　「監督警察的市民之眼協會」會長）

最近警方常以保護警察生命為藉口縱容過當的槍擊行為。從四天前發生的警察開槍打人事件，全國針對正當防衛與說服者的使用權掀起熱烈討論，如今又發生這起事件。這不禁讓我覺得就時機來說，是不是有人在背後趁機鼓吹這種行為？搞不好那名旅行者在一開始就不會遭到逮捕？該不會他正在國外領酬勞吧？

媒體廣場日報

（八九三年　鹿月七日）

「讀者意見」單元

「徹底執行入境審查」

（貝蒂諾・泰泰絲茲　女性・二十八歲・家庭主婦）

「好痛，好痛哦——」

四日那天在收聽新聞台的廣播時，我不由得如此呢喃。起因是西區有旅行者用說服者射擊一名男子，導致對方身受重傷的事件。

聽說對警方裁定旅行者正當防衛的不滿之聲四起！我質疑的是，為什麼會讓擁槍自重的人這麼輕易入境？我斗膽地要求城牆／入境管理局負起這個責任。

即使是善良的國民，任何說服者的持有者都必須做身家調查，如果是可隨身攜帶的掌中說服者，更是必須嚴加管制。然而旅行者卻能將它佩在腰際公然入境。發生這樣的問題後，還能在當天若無其事地離境。我聽到這則新聞的時候，不禁感到詫異。在聽到該男子在病房的狀況，更是不自覺地脫口感嘆。

當新聞報導完畢後，我突然又回到現實世界。在我身旁的五歲兒子還一臉正經地問我，「媽媽妳哪裡痛痛啊？」我一面緊張地回答「沒事的，媽媽已經不痛了。」一面又想到兒子是如此的貼心，不禁流下眼淚，並緊緊地抱住他。同時更為旅行者冷酷無情的行為而怒火中燒。讓這種人攜帶武器入境，根本就是大錯特錯！為了我孩子的安全著想，希望管理局對入境審查能夠更加嚴謹。

「旅行者請丟掉說服者」

（安妮・艾列茲　小女孩・七歲・小學生）

我家附近發生了非常讓人難過的事情：一個只想看看摩托車的男人遭到車主用說服者射擊，男人的肩膀跟腳都受傷了。

旅行者為什麼要那麼做呢？我不知道他的理由是什麼？

「他想偷我的摩托車。」旅行者是這麼說的。可是我覺得那個男的只是想靠近一點看看那輛漂

亮的摩托車而已。我想那個受傷的男人一定很痛。男人的爸爸媽媽，心裡也一定很痛。難道旅行者不能體會爸爸媽媽的心情嗎？相信旅行者也有等待他回家的爸爸媽媽才對。我很想問旅行者，「要是他們覺得心痛，你會有什麼感想？」

說服者是用來傷害、殘殺人和動物的東西。我很希望這種東西能夠從世界上消失。這樣一來就不會有人痛痛了。

我想拜託旅行者，請你們把說服者丟掉。然後保持善良的心吧。

「讓黑箱作業的公開徵選透明化」

（伊萊莎・布朗　女性・六十四歲・家庭主婦）

前陣子貴報舉辦了替兩個月前出生的森林貓熊寶寶命名的公開徵選。而拙作也參加了徵選，也殷切地等待結果。

我想表現出森林熊貓生活在清爽森林裡的可愛模樣，於是便想到了「森森」這個名字。這對小孩子來說除了能朗朗上口之外，「森森」也引用到了森林這個名稱。當我想到這個名字的時候，認定再也沒有比這個更美的名字，不由得感動的全身顫抖。

可是結果發表時，我的心情彷彿跌落到谷底。

我認定自己命的名是最優秀的說……想不到連個佳作也沒有……

根據報導，第一名的作品是「森兒」……這跟我命的名只有一字之差而已。

作品之所以會落選，如果是在最終審查時無法觸及各位評審洗練的感性，那當然只有斷然接受事實。但是第一名的作品跟我的「森森」實在過於相似，不得不令我感到懷疑。

第一名作品的作者是居住在北區的十七歲女性，人生經歷如此淺薄的少女，真的能創作出堪稱第一名的優秀作品嗎？

我知道懷疑並不是什麼好事，但是我猜想該不會是某位評審覺得我這個「森森」取得很好，於是更改了一個字之後，當做事前內定得獎的少女的作品，再以第一名的作品選出。

畢竟過去類似這樣的公開徵選，就發生過評審與主辦單位私下聯手的疑慮，因此難保這次也有所謂的黑箱作業。

因此，往後舉辦此類公開徵選時，為了讓大家取信真正的得獎者，在進行審查時是否能有類似廉政公署的團體在場？

事業新聞報

（八九三年　鹿月五日）

旅行者對男子開槍　警方裁定為正當防衛

四日白天的時候，發生了一件於兩天前入境的旅行者（年齡不詳）於城鎮西側第五十六街，在警告隨便碰他摩托車的男子（55歲）的時候，因為該名男子抵抗而被迫開槍的事件。警方認定旅行者是正當防衛，而該名旅行者已經在傍晚離境。

竊盜未遂？　男子只受輕傷

四日上午十一點二十九分左右，在西五十六街的路上，兩天前入境觀光休養的旅行者發現一名男子未經許可觸碰他停在路旁的旅行用摩托車，而且試圖跨坐上去。旅行者曾數度口頭警告，但該名男子因為爛醉如泥，還不斷口出惡言。之後這名男子抓住不斷勸說他的旅行者，讓旅行者被迫拔出掌中說服者（二二口徑・自動式）開了兩槍。男子右肩及右腳中彈後隨即被送往醫院，幸好傷勢並無大礙，約治療一周即可痊癒。

旅行者立刻接受獲報前來的警方偵訊，在收集過現場目擊者的證詞後，認定他是正當防衛，於是就讓他在傍晚離境了。

案發當時男子正處於爛醉如泥的狀態，在送醫後也不曉得自己做過些什麼事。該名男子已經在病房遭到警方嚴重的警告。

最近我國的治安不斷惡化，儼然成為嚴重的社會問題。四天前在南區也發生了吸毒犯開槍重傷主治醫師後，從醫院逃走的事件，還揮舞菜刀試圖搶奪巡邏員警的說服者，其他員警只好開槍制止，才得以防止不幸事件發生。（相關新聞請見社會版）

「借酒裝瘋」的無禮行為　無法視為刑事案件

男子在當時是否認為自己做什麼都沒關係呢?他擅自觸碰他人的財物，還隨意操作，甚至無視車主的勸告——

昨天的事件中最重要的是，遭旅行者槍擊而受到輕傷的男子，當時處於爛醉如泥的狀態。光是這點，他就站不住腳了。

男子當天因為公司的招待而在案發現場附近用餐。根據餐廳員工表示，這群男人喝了不少酒，還不管是否會造成周遭的困擾而大聲喧嘩。看不過去的餐廳員工曾上前勸告，但反而被大罵「囉嗦!」

該名男子走到路上之後，旅行者的摩托車就這麼讓他看上了。我是不曉得這個被酒精灌醉的男子眼中呈現的是什麼景象。不過他馬上就走近摩托車，拼命觸摸摩托車的把手跟油箱，甚至準備跨坐上去。此時車主——旅行者正抱著買好的午餐三明治回來。

綜合大多數的目擊者證詞，剛開始旅行者曾彬彬有禮地告訴對方這是他的摩托車，可是男子反而大發雷霆，不斷說出「你當我是什麼?你是老闆嗎?王八蛋!」「我以前曾騎過這個，所以它是我的！」「年輕人沒資格批評我，聽到就馬上給我滾！」等語無倫次的話，拼命地責罵旅行者。旅行者後來仍以冷靜的口氣，數度要求他離開摩托車。但男子完全聽不進去，加上可能是對年輕的旅行者過於冷靜的口氣感到不高興。不僅猛踢摩托車，還一面大聲嚷嚷，朝旅行者逼進並試圖抓住他，而旅行者就在這時候開槍了。

子彈雖然打中男子的肩膀，不過他還是邊叫囂邊接近，於是旅行者又朝他的腳再開一槍，才得以阻止男子的暴行。

根據醫院醫師的說法，旅行者使用的說服者屬小口徑，並沒有什麼威力。只要不是命中頭部或胸部，並不會造成生命危險。而該名男子的情況，子彈貫穿的皆非致命的地方。而且看得出槍法神準的旅行者是採取特意避開大血管及骨頭的妥當開槍方式。

在這次事件中算是被害人的旅行者已在當天離境，而警方也沒有把它當成刑事案件處理，因此該名男子並沒有受到處分，姓名也沒有被公開。

可是，事情並非這樣就落幕了。醉漢做出突如其來且缺乏理性的行動，這種危險並不會只發生在那名旅行者身上，很可能會在我們周遭不斷出現。

有識之士的談話

為了自衛而採取理所當然的行動與結果

（渥雷・塔達特　前國防事務局局長）

旅行者的行為是基於保護自身財產的觀念，而採取的理所當然的行動。打從一開始，男子在未經許可下擅自觸碰對方的摩托車，旅行者也一度以口頭勸說過對方。但是有目擊者證明該名男子在當時大喊一些意義不明的言詞，甚至準備毆打旅行者。不論誰在那種情況下，都不得不訴諸武力。

在此對將此案裁定為正當防衛的警方，經過深思熟慮做出這樣的判斷給予高度評價。

加強酒醉犯罪的罰則

（提諾斯特・帖諾斯諾　「孩童因酒醉暴力身亡的家長協會」會長）

想必旅行者對我國所抱持的感想，一定是「一個任由不守法紀者胡作非為，丟臉又幼稚的國家」。如果這時候還以傷害罪逮捕他或者她，那更是恥上加恥。對於警方英明的判斷，我真的很想為他們鼓掌叫好。我們對於酒醉犯罪，總是抱持著「拿醉漢沒辦法」的心態而睜一隻眼閉一隻眼。現在是該徹底處置這個問題的時候了。包括未成年的喝酒問題，希望今後能夠加強這一類的罰則。不要等到自己的孩子遭到殺害才正視這個問題，那已經太遲了。

事業新聞報

（八九三年　鹿月七日）

「發言的市民」單元

「把只差一步的公開徵選當做動力」　伊萊莎．布朗　六十四歲．女性．家庭主婦

前陣子貴報的市民版舉辦了替兩個月前出生的森林貓熊寶寶命名的公開徵選。而拙作也參加了徵選，並殷切地等待結果。

我想表現出森林熊貓生活在清爽森林裡的可愛模樣，於是便想到了「森森」這個名字。這對小孩子來說除了朗朗上口之外，「森森」也引用到了森林這個名稱。當我想到這個名字的時候，認定再也沒有比這個更美的名字，不禁感動得全身顫抖。

可是結果發表時，我整個心情彷彿跌落到谷底。我認定自己命的名是最優秀的……想不到連個佳作都沒有。

根據報導，第一名的作品是「森兒」……這跟我命的名只有一字之差而已。

作品之所以會落選，是在最終審查的時候無法觸及各位評審洗練的感性，當然只有斷然接受這個事實。但是第一名的作品跟我的「森森」實在過於相似，不得不令我感到懷疑。本人長久以來經常參加類似的公開徵選，但是這次自己的創意只差臨門一腳，更是倍增我落選的悔恨。

可是我不能因此而受挫。這時候我更要奮發圖強，把這個悔恨當做動力，即使親朋好友都說我這個老人家愛逞強，自不量力，不過我還是決定往後還要積極參加公開徵選。（部份內容有做刪減・編輯部）

「抗議『開槍等於助長歪風』之說」　諾根・海特尼　七十六歲・男性・無職

四日在西區發生了旅行者開槍導致男子受傷的事件，當我知道男子與其父母打算控告裁定旅行

者是正當防衛的警方，我覺得他們實在太無理取鬧了。

男子大白天就喝得爛醉，還擅自觸碰他人的物品，甚至對車主再三的勸告不理不睬。加上自己先出手施暴，我實在無法想像他為何還以為自己的行為是正確的。話說回來，他的父母又是怎麼教育他的？

或許有人認為對方開槍有蓄意謀殺之嫌，但是旅行者在警告過後，只對該名男子的肩膀與腳各開一槍。對於有四十年警察資歷，曾在第一線打擊罪犯的我來說，如果對方真想致他於死地，當然是瞄準頭部或胸部。如果光是強調開槍這個事實，而一廂情願地把旅行者視為惡徒，那是大錯特錯。

我們能夠因為歪風四起，就認定「使用更強大的武力（譬如說開槍）的人就全是壞人」，無視狀況如何，就妄下定論嗎？如果大家試著讓自己站在當事人的立場，你會有什麼樣的反應呢？本人乃基於希望各位讀者能冷靜思考而執筆寫下這篇文章。

「旅行者的正當防衛　令我想起過去的經歷」　匿名　三十歲・女性・上班族

前陣子旅行者的開槍事件，讓我回想起過去發生在我身上的事情。

十五歲那年，我在我家附近行走時，遭到一名醉漢性騷擾。

雖然是大白天，但是那名醉得滿臉通紅的五十幾歲男子卻突然抱住我。我在驚嚇之餘大聲喊叫。那名男子邊吐著充滿酒臭的氣息，邊撫摸我的身體。然後丟下淫穢不堪的言詞就笑嘻嘻的揚長而去。

我當場嚇得坐在地上，經過好幾個小時，媽媽才找到我。媽媽立刻把哭哭啼啼的我帶到醫院，也報了警。

警察立刻把那個男人帶來。我說什麼都要他被法辦，於是鼓起勇氣說「就是這個人」。想不到那個男人卻說：「我是某知名國中的校長，怎麼可能做出這種事。妳要是敢再侮辱我，我就告妳跟妳父母毀謗」……

很遺憾，因為沒有任何證據，警方也無法逮捕那個男人。那個男人還對了我們講了許多難聽的話才離去。後來經過我父親的調查，得知那個人真的是一名校長，也知道他在教育界富有盛名。

可是數年後那個人去世了，才又聽到許多關於他的傳聞。說他平常酒品就很差，還數次在家長會上口出惡言。

事到如今，我不想再批評一個死去的人。畢竟我也沒有任何證據證明我所寫的全都是事實。

我只是想對這次裁定旅行者開槍為正當防衛的警方給予高度評價。而且想對他們重覆十五年前安慰傷心欲絕的我的女警，對我說過的溫柔言語。

「——不過漢密斯，」

沙漠的正中央，有人開口說話了。

她在一望無際的硬沙礫組成的地面上坐著，西沉的夕陽剩下半輪，把天空跟沙子染成透明的橘色。

她年約十五歲，一頭黑色短髮，一雙大眼睛及精悍的臉孔，身穿黑色夾克，腰上則繫著粗皮帶，右腿上掛著掌中說服者的槍套。

她手中拿著一份剛剛看完的報紙，四周則散落著已經看過的報紙。

附近停著一輛摩托車。

一把步槍型的說服者靠在摩托車上，而旁邊則放著類似旅行用行李的大包包。

那輛叫做漢密斯的摩托車開心地說：

「騎摩托車旅行的說服者槍手？奇諾，這簡直就在說妳嘛！我覺得任何看過這篇報導的人，都會直覺認定『喔，這是在講奇諾嘛！』」

叫奇諾的女孩苦笑著說：

「你講這話也太過份了吧……我才不可能在大馬路上突然開槍呢！」

「話是沒錯啦！」

漢密斯如此說道，然後沉默了一會兒又說：

「那妳覺得這個傢伙，為什麼要開槍呢？」

奇諾邊凝視著慢慢從地平線消失的太陽邊說：

「不曉得，我無法憑這些報導下斷論。因為對方很可能是愛挑釁的冷酷虐殺狂；或是在必要時刻採取強硬手段的正義英雄；也搞不好兩者皆是。」

「原來如此……不過奇諾，這些報導都漏掉最重要的事情，妳發現到了嗎？」

「？沒發現耶。」

奇諾一臉詫異地歪著頭。漢密斯很快的說：

「就是摩托車的自主性啊！我最在意的是，怎麼都沒提到當事者摩托車的任何意見呢？他們都沒有詢問最關鍵對象——摩托車的意見，這樣稱得上是公正公平的報導嗎？真是的！」

漢密斯憤憤不平地發了一陣子牢騷。這時候，天空從橘色轉變成多層次的紫色，不久星星的數目也開始增加。

奇諾從行李拿出毛毯，將它鋪在沙地上，然後披上棕色的大衣。

她拿起靠在漢密斯上面的說服者，確認裡面是否有子彈。從狙擊鏡窺測好幾次之後，再立起腳架放在毛毯旁邊。

「不過，妳幹嘛還帶著那些報紙呢？」

突然間，漢密斯像是想到什麼似的詢問。

「只是碰巧拿到的舊報紙上有這種報導而已……而且它的用途是這個。」

奇諾說著，把報紙一張張拿起來，然後像扭抹布似的把它們捲起來，再把棒狀的報紙呈放射狀擺在沙地上。

「當附近找不到柴火的時候，這個就派上用場了，捲起來的報紙可是很容易燃燒的。」

奇諾拿火柴在靴底劃了一下，然後點燃報紙說道：

「不管上面印的是什麼都一樣。」

散佈了幾顆星星的濃紫色天空下，地面一片漆黑。

然而其中卻亮起了一點小亮光。

第五話
「畫的故事」
—Happiness—

第五話「畫的故事」

—Happiness—

「很棒的作品吧？」

旅行者抬頭看著飯店大廳的一幅油畫時，飯店老闆走到她身旁說道。那是一幅戰車的畫，畫裡的戰車正在攻擊敵人，還把數名敵軍炸飛了。

旅行者對飯店老闆問道：

「我在這個國家常常看到這位畫家畫的戰車油畫，請問它那麼受歡迎嗎？」

飯店老闆說「這問題問得好」，連續點了好幾次頭，然後一臉神秘地答道：

「這個國家因族群對立，在十年前發生了一場毫無意義的內戰，鄰居互相殘殺了四年六個月之久，後來我們才發現戰爭帶給人們多大的空虛。」

「……。那場內戰跟這幅畫有關嗎？」

「這幅畫會讓我們回想起那場戰爭。這國家的每一位國民，對戰爭都抱持著憎恨。這位畫家能讓我們藉由描述戰場的畫，喚起戰爭所帶來的空虛跟悲傷，也能讓我們重新堅定反戰的決心，所以

才有很多人懸掛這幅畫。」

「原來如此。」

「這名畫家在兩年前如同彗星般突然出現，他只畫戰場上的戰車，也全都是很了不起的作品。現在的他不僅是個知名畫家，也是和平象徵的創造者喲！他是我們的心聲代言人……旅行者，妳去過議事堂了嗎？」

一進去輝煌的石造議事堂，就看見非常寬廣的大廳，牆壁上掛著一幅巨大的畫作。內容描述的是大草原的壯烈戰爭，但還是跟戰車有關聯。其下方還有一塊刻有字樣的石牌。

「看哪！從燃燒的戰車閘門伸出的死者手臂，一直指向著天空。那正意味著總是從錯誤中得到教訓的我們，應該把目標放在高處——那個名為和平的天空！」

「很棒的一幅畫吧？下面那些話是現任議長題的喲！」

一名年約五十幾歲的男性對欣賞著畫作的旅行者如此說道。自稱現任國小校長的他說，學校才剛購進這名畫家的戰車畫作。

「我打算把畫掛在學校裡，讓孩子們瞭解戰爭的可怕。讓孩子們知道唯有戰爭才會讓戰車到處肆虐，那會令人非常痛心，絕不是什麼酷帥的事情。那應該是比任何教科書都來得有效的教材。雖然價格非常昂貴，不過我很高興能夠狠下心把它買下來……旅行者，你看過畫集了嗎？」

一進入書店，就看到畫集堆放在最顯眼的地方。旅行者還沒來得及翻閱翻閱，馬上就賣出了一本。

畫集的書腰上寫著，「以畫布傳達痛苦的喘息。全國人民必看的畫集！」

旅行者拿在手上翻閱著。

裡面果然全都是跟戰車有關的畫。其中一幅畫還加上了作者的評論。

「我們只能眼睜睜地任憑黃色的花朵慘遭戰車履帶碾過，正可代表那些前線的無名士兵們。」

裡面也刊載了號稱首位研究這名畫家的美術館館長的論文。

「——他的主題雖然都是戰車，不過就他的畫作來說，卻是最重要的部份。戰車雖然具有大砲的強大攻擊力，以及裝甲的頑強防禦力，但在戰場上也會在瞬間遭到破壞。其畫裡的戰車暗喻著人類意志的強與弱。那正是——」

旅行者啪噠一聲闔上畫集。並回想起剛剛飯店老闆熱淚盈眶的強烈言詞。飯店老闆是這麼說的：

「優秀的藝術具有強大的力量，它能深深感動我們。那比任何學者的論文，或任何政治家的演說都來得震撼人心……這幅作品絕對是其中之一，從現在起五年、十年、甚至二十年後，當我再看到這幅作品時，不曉得會有什麼樣的心情？我真的很想知道……而我也希望永遠保有這種心情跟這幅作品。」

入境後的第三天早上。奇諾依舊隨著黎明起床。

「早安，漢密斯。」

被稱為漢密斯的摩托車上已經堆滿行李，她們隨即離開了飯店。

之後，她們通過不見半個人影的街道，來到一望無際的郊外田園。忽然，在空無一物的路邊，奇諾看到有名青年正呆坐在椅子上，於是她把速度放慢。

「哇～好罕見的摩托車喔，妳是旅行者嗎？」

青年如此對他們說道。奇諾跟漢密斯停了下來，也把引擎關掉。

「是的，我們正準備離境。」

「大哥哥，你坐在這裡做什麼？」

漢密斯問道。

「我是個畫家，我正打算畫一幅新的畫作。而早上到外面來能夠讓人神清氣爽。」

青年畫家的椅子旁邊放了折疊式畫架和大塊畫布，以及一只被畫具弄髒的包包。

「嗯——你的畫很賣嗎？」

「嗯，最近到處都掛滿了我的畫。像前陣子我去議事堂的時候也有看到。」

「難不成是戰車的畫？」

漢密斯問了第三次。

「沒錯，妳們有看到啊？」

畫家如此回答，奇諾點點頭並說道：

「是的，到處都有看到。可以請教你一個問題嗎？」

「什麼問題？」

奇諾問：

「你為什麼只畫戰車跟戰場呢？」

畫家露出笑容說道：

「這問題問得好！」

畫家看似開心的說：

「我非常喜歡戰車！所以都只畫戰車！妳們不覺得戰車很酷嗎？它有著厚實的裝甲，以及強力的主砲！還有能碾碎一切的履帶！堪稱陸戰之王！」

奇諾慢慢露出笑容。

畫家繼續說：

「我非常喜歡畫戰車在戰場上大肆活躍的畫，所以只畫這一類的題材。某天我把它們帶去畫廊，想不到他們說它會大賣，真是讓我大吃一驚。我什麼都沒說，只聽他們說什麼『這是為了不讓愚蠢的錯誤再次發生』等等莫名其妙的話，然後還把價錢抬得很高，我當然也十分開心。這樣我不僅有錢吃可口的食物，也能買很多畫材。而且我只要從早到晚畫畫就行了。」

「你好像很樂在其中的樣子。」

聽到漢密斯這麼說，畫家連續點了好幾次頭。

「真的很開心喲！因為可以做很多自己想做的事，每天都過得非常開心！對了旅行者，其他國家應該有更酷，性能更好的戰車吧？譬如說水路兩用戰車啦，多炮塔戰車等等。據說還有能夠貫穿所有裝甲的變質鈾穿甲彈啦，可輕易貫穿反應炸藥裝甲的兩段式炸裂彈頭等等。我真的好想看喔，想必一定很棒。」

畫家陶醉在自我世界好一陣子，然後直盯著晴朗的天空。接著畫家好像突然想到了什麼⋯⋯

「沒錯⋯⋯一想到這個，我就更渴望畫戰車，創意還源源不絕呢。下次來畫畫無砲台的扁平式戰車吧！砲管固定在車體上，然後靠油壓懸吊系統的控制來瞄準目標。再用推土機挖洞埋伏，等待敵軍到來。彷彿像石頭般靜靜地等。此時愚蠢的敵人大膽地接近。看，一〇五釐米口徑的大砲是怒吼的時候了！彈無虛發的第一彈命中目標！敵軍裝甲車在一瞬間被烈焰團團包住，可惡的敵軍因為全身著火而痛苦的舞動身軀！成功了！敵軍部隊全軍覆沒！⋯⋯唔——好酷喔！這次就畫這個題材！想必會是很棒的畫作！」

畫家緊握雙拳顫抖了好一陣子。

接著很快的把畫布架立起來，然後把畫布擺在上面。

「好了，開始動手畫吧！」

奇諾發動了漢密斯的引擎。並且向正把顏料擠在調色盤上的青年打一聲招呼。

「畫家先生，保重囉！祝你畫出更棒的作品喔！」

「謝謝！妳們也保重哦，一路順風！」

畫家開心的答道。

然後摩托車駛離，畫家則又開始畫他的戰車。

第六話
「歸鄉」
—"She" is Waiting For You.—

第六話「歸鄉」

—"She" is Waiting For You.—

我回來了。

在蒼鬱的森林另一頭的灰色建築物，是我出生且生活了十五年的國家的城牆。幸虧有清溪把樹木分開，讓我能一眼就看出最頂端的瞭望塔的形狀。是那裡沒錯。

睽違五年的城牆，依舊跟我記憶中的一模一樣。面對那個景象，我彷彿置身夢中，並且不由得凝視了好一會兒。

然後我再次背起沉重的行李，沿著河川慢慢往我的故鄉走去。

再過不久就能走到了，應該在傍晚前就能抵達城門前吧！

我從小就沒有父親，他在我生下以前就去世了。母親則是靠著在家裡做果醬來維生，她做的果醬很受好評，因此很幸運的，我們過得很寬裕，也不必為生活傷腦筋。

從小我就覺得這個國家雖然和平，但同時又覺得再也沒有比這樣的生活更無趣了。為了種植農作物，每年必須重覆過著相同的生活。而母親每天熬煮相同水果的背影，也跟那種生活重疊在一起。

十一、二歲的時候，我開始認真考慮當個冒險家。想離開這個國家到許多地方去，也希望每天過著發現新奇事物的生活。

這種股慾望與日俱增，最後我在十五歲的生日那天，下了決定離開這個國家。

媽媽當然是極力反對。

「生長在這裡的人，就是要在這裡過活。你怎麼都說不聽啊？」

她說她的，但是我根本就沒聽進去。雖然對獨力撫養我長大的母親有些過意不去，不過我滿腦子只想追逐自己的夢想。

除了母親之外，還有一個人也想阻止我。她就是桃特。

桃特是個小我五歲的女孩，在我十歲的時候被母親收養的，因為她父母生前是我母親的好友。

「歸鄉」
—"She" is Waiting For You.—

桃特是個安靜又畏首畏尾的女孩。她很不善於社交，總是躲著其他人，因為這個緣故，她也沒有上過學。

因此那段期間，桃特便和媽媽學做果醬，技術不一會兒就變得很精進。之後她就一直幫母親的忙。

「她跟笨手笨腳的你不同，人家真的很機靈喲！我死了以後，她將繼承我的手藝跟店面，要是你能當她的保鏢就好了，修瓦魯茲。」

因為桃特的幫忙而減輕不少負擔的母親，半開玩笑似的這麼說。

不久桃特跟我感情也越來越好。她沒有工作的時候，就常常跟我一起玩。

我們最常玩的就是槍戰遊戲。我拿水槍埋伏等待桃特，然後跳出來這麼說：

「不閃就命中！閃開就沒事！」

如果成功命中的話就算我贏，桃特要是謹慎閃開的話，就算她贏。

而剛開始經常都是我贏，桃特則被水槍射得全身濕淋淋的。但是不久桃特也知道我都會躲在什麼地方，她就會在我跳出來要講話以前，迅速地把身子閃開。之後我就再也沒贏過了，看到我非常不甘心的樣子，桃特總是開心大笑。

「您說什麼都要離開嗎？我希望修瓦魯滋少爺能夠不要走，希望您能永遠留下來跟我們一起生活。」

跟母親勸我的時候相比，當桃特說那些話並盯著我看的時候，我的心意竟開始動搖了。

當時我或許比任何人都還要喜歡這個愛慕我的少女吧！

不過我還是順從自己的決心，在十五歲生日那天早上出發了。對於自己拋下的事物、國家、母親……尤其是桃特，我一點都不留戀。

桃特在最後這麼跟我說：

「您一定要回來，修瓦魯滋少爺，請回到這裡來。在您回來以前，我會一直在這裡等您的……」

我拋下家園出外旅行，結果沒有一件事跟我期待的一樣，過去讓我魂縈夢牽，那種興奮與冒險交織的生活，卻哪裡也遍尋不著，甚至根本就不存在。

我最初抵達的國家面臨嚴重的旱災，在那裡我從事非常嚴酷的農務工作，為了籌措接下來的旅費，我在那裡待了一年。

下一個國家則是為了戰爭在徵召傭兵。雖然我發誓要立下功勞成為英雄，但要說到我曾做過的事，大概只有拼命搬運物品吧！而且戰爭到後來並沒有爆發，他們就說已經不需要我了。在拿到相當的酬勞之後，我就被趕出那個國家了。

接下來住的國家，非常盛行開採寶石。我又喜孜孜地自告奮勇參加，不過因為沒知識又沒經驗，所以我只能在礦工組織做點雜務。每天在危險的礦坑裡工作，就算挖到原石，也不是屬於我的。於是我熬到春天就離開了。

在最後一個國家，我則是擔任監獄的守衛。雖然只是偶然碰到的職缺，不過這裡真的很閒。犯人淨是些性情和善的傢伙，根本就不會想到要逃獄。感到不耐煩的我就趁機從那裡逃了出來。逃走的並非犯人而是守衛，這大概是前所未聞的奇人奇事吧？

後來遇到的也都沒什麼好事，我只能漫無目的地到處流浪。每天費力地在森林、海洋及河川找尋食物維生。

在過了半年多這種生活之後，我終於決定要回鄉。

看到城牆後，我大步行走，當它離我越來越近時，我清楚的聽到動物在水中活動的聲音。

由於草木過於茂密，看不到是什麼動物，不過水聲確實是從我前方，也就是我們國家的方向傳過來的。我從槍套拔出手槍，稍微繞了一下路慢慢遠離河川，再從遠處遙望著河川。

在河邊的是一個人。而且是個在岸邊穿著內衣沐浴的少女，年約十五歲吧。有著纖瘦的身材及一頭黑色短髮。我直覺反應她就是桃特。

桃特好像沒發現到我的樣子。我懷著複雜的思緒望著她的身影——

要承認自己的錯誤相當困難。

正當我猶豫不決時，雖然發現自己為了無法實現的夢想而離鄉背井其實是大錯特錯，但就是不肯承認。

不過，在看了桃特的身影，我不知不覺地苦笑了起來，而且坦然地承認自己錯了。換句話說，我是個大笨蛋。結果母親跟桃特是對的。

「歸鄉」
—"She" is Waiting For You.—

無論哪個國家，生長在那裡的人們都堅守自己的生活，每天從中發現自己的幸福及人生價值。以前的我總覺得那種生活過於平凡又無趣。

現在卻覺得它好有魅力，每天過著跟桃特一起做果醬販賣的日子，過著平平凡凡的生活。如果說為了是點醒我，好讓我發現自己愚蠢，這五年的時間其實並沒有白費。

現在的我反而想做好多事。

第一件事就是向母親跟桃特道歉，因為我害她們為我擔心。

我必須比過去更認真學習如何製作果醬。大概要像母親那樣為了不讓味道走掉而拼命工作吧？也要像桃特那樣比任何人還要用心學習。如果屋子老舊了，我就去燒磚修補。撿柴火並將它曬乾、劈砍，則是我以後每天必做的工作。

不過在做這些事以前，我想先告訴桃特我平安回來了。

我把槍裡的子彈全退了出來。包括轉輪裡的九發子彈及位於中央的一枚散彈。我把它們全放在口袋裡。為了不讓桃特發現到我，我靜靜地撥開雜草靠近她。

桃特沐浴完畢後，因為要伸手拿疊在旁邊的衣服而背對著我。我從對岸的叢林裡舉著並無填裝的手槍對準她跳了出來。我講的當然是那句話。「不閃就命中!閃開就沒事!」

「不閃……」

我才講到這裡，突然感到有人大力地撞擊我胸口。就在同時，桃特也轉身面向我，我看到她右手筆直地對著我。不曉得為什麼，那隻手竟瀰漫著白色煙霧。很奇妙的是我什麼聲音也聽不見。

接下來的幾秒，我的視野突然整個暗了下來。

怎麼會這樣?我什麼也看不

我 奇怪 到。

麼 這麼

怎

桃特。

唔?

奇諾從放在衣服下方的槍套拔出掌中說服者，頭也不回地開了槍。那是一把有著把八角形槍管，大口徑的左輪手槍。奇諾稱之為「卡農」。

子彈準確無誤地貫穿男人的胸口，粉碎了他的心臟。接下來發射的子彈則是從他的嘴巴射入，再穿過上顎達到腦部。

森林裡幾乎只聽到一發子彈的爆炸聲，但實際上射出的是兩枚子彈。鳥兒嚇得飛了起來。男人就這樣被奇諾開槍打死，然後倒在河裡，濺起高高的水花。

奇諾擦乾身體把衣服穿上。再穿上長褲及靴子。然後在白色襯衫繫上黑色的長皮帶。把皮帶繫緊在腰上後，再把「卡農」的槍套掛在右腿上。

在河邊淤積地的草叢裡，停著一輛堆滿行李的摩托車，它對著奇諾大聲問道：

「妳沒事吧？」

奇諾也大聲回答：

「沒事，我沒被打中。」

「那就好。」

奇諾往摩托車的方向走去。

「讓你久等了，漢密斯。」

那輛叫做漢密斯的摩托車詫異的說：

「那是半路打劫的強盜嗎？如果是的話，只有一個人打劫也未免太奇怪了。」

「我原以為他只是在偷窺……想不到他卻突然拔槍，真是嚇了我一大跳。」

漢密斯問道：

「不過奇諾，這種地方怎麼會有人出現呢？呃，其實我們也沒資格說人家啦！」

「他可能是要去那裡吧？」

奇諾如此說道，眺望起灰色的城牆。她眼睛微微地瞇了起來。

漢密斯又問：

「去那裡做什麼？裡面不都是骸骨嗎？」

奇諾微微地點點頭，然後說：

「歸鄉」
—"She" is Waiting For You.—

「是啊。」

「就一個國家來說，實在太叫人訝異了。」

漢密斯用一成不變的語氣說道。奇諾從看似夾在漢密斯後輪的箱子，取出一個小木箱。

「沒錯……傳染病就是那麼可怕喲！」

「足以毀掉整個國家？」

「我的猜測應該是八九不離十。而且照那些骨骸來推斷，他們應該死掉兩年以上了。」

漢密斯「嗯——」地發出一聲嘆息。然後又突然說道。

「我知道了！奇諾，剛剛那個人是盜墓賊喲！就是那種專偷亡國的金銀財寶，什麼『冒險家』或『獵人』來著的行業。他誤以為你是同行的，才突然出手想殺妳。」

「或許是吧，也或許不是。」

奇諾從木箱拿出液體火藥跟子彈，邊填充進「卡農」裡邊說道。

在收木箱的時候，奇諾拿出一面小鏡子。她照照自己的臉跟頭，又用另一隻手抓了點瀏海。

「會不會剪太短了？你覺得呢，漢密斯？」

「還好吧？」

漢密斯興趣缺缺地說道。奇諾一臉無趣地把鏡子收起來。

奇諾戴上帽子跟防風眼鏡。然後發動漢密斯的引擎。

「好了，我們出發吧，漢密斯。希望下次去的是有活人的國家。不僅安全，感覺也比較好。」

「瞭解！」

摩托車往森林裡奔馳。

而男人則俯身在河川上漂流。

第七話
「書之國」
—Nothing Is Written!—

第七話「書之國」

—Nothing Is Written!—

「住民證是嗎？呃——我不是這個國家的百姓耶！」

「……？我明白了！您是旅行者對吧？聽說是今天早上騎摩托車入境的。」

「是的，沒錯。」

「不過您身上並沒有書對吧？」

「什麼？」

「喔，沒有啦，我在自言自語。真是抱歉……那麼您想借閱那些書是嗎？」

「是的……可以嗎？」

「呃——請問您叫什麼名字？」

「我叫奇諾。」

「奇諾，請問您住在哪裡？」

「前面街角的旅館。名字是……對不起我忘了，我只記得它屋頂是藍色的。」

「沒關係，我知道了。請問您會在這個國家停留多久呢？」

「到後天，書我明天就會拿來還。」

「那樣的話就沒關係。我現在幫您製作借書證，麻煩在這裡簽上您的大名。住址及健保卡卡號欄就空著沒關係。」

「好的……簽好了。」

「謝謝，我馬上幫您登記，請稍待一會兒。」

「謝謝。」

「……對了奇諾，請問妳目前為止對我國有什麼感想嗎？方便的話可否告知一下呢？」

「……應該是書吧？面對如此大量的書籍，我真的是嚇了一跳。」

「的確是這樣！讀書風氣在我國比任何事物都還要盛行，這國家的人可以說除了睡覺以外都在看書。其他國家怎樣我是不清楚，不過就書店跟圖書館的數量來看，相信我們是不會輸給任何國家的。」

「或許吧！至少跟我過去所見到的比起來，就只有你們這個國家有如此雄偉的圖書館呢！」

「也請您在停留期間好好享受讀書的樂趣。閱讀真的比任何事物還能豐富妳的人生……來，這是您的借書證。我們明天早上五點開館，晚上十二點閉館。如果是非以上的時段，請把書投入大門前的還書箱。」

「知道了。謝謝你——」

「漢密斯！你醒了沒？」

「嗯？」

「漢密斯？」

「對喔，要去打電報對吧。遵命。」

「……你是睡迷糊啦？醒醒啊！」

「啊？唔……原來是奇諾啊？」

「我們要回旅館囉，漢密斯。天色已經暗了呢！」

「妳事情終於辦完啦……，妳是堆什麼重物在我上面？難不成買了炸藥？」

「我去借書啦！」

「什麼？」

「我想在睡前窩在旅館房間裡看啦！」

「妳還要看？奇諾，妳不是從早上就一～直在圖書館裡？」

「這個嘛，偶爾這樣也不錯啊！搞不好明天我也會窩在圖書館裡。」

「…………」

「漢密斯要不要也一起來爬圖書館的梯子？」

「……摩托車既不能在天空飛，也不會看書。不過我也不會覺得羨慕啦——」

「早安，奇諾，妳總是在同一個時間醒來耶，好準時喔！真令人有點驚訝呢！」

「早啊，漢密斯，真難得你會跟我一起醒來。」

「不是啦，因為昨天白天睡太多了，結果晚上反而睡不著，我想今天白天大概就能睡個好覺吧！」

「原來如此……對了漢密斯，我昨晚有沒有說夢話？因為我突然做了個怪夢。」

「ㄟ～奇諾會做夢？這實在太難得了，夢到什麼啊？趁妳還沒忘記之前快告訴我吧！妳昨晚並沒有說夢話喔！」

「那個夢是……我在一個漆黑卻又明亮、不曉得該往哪裡去的空間裡徘徊，不知道身處未來或過去，不曉得為什麼還被一頭白狼追著跑，而且好像有個跟我長得很像的人偷走了什麼重要的東西。我身邊有一名紅眼睛的魔女，她總是跟著我，還幫我療傷，有時還唱著聽起來很舒服的搖籃曲呢！」

「……」

「之後魔女在路旁的露天咖啡廳喝著茶，又在雪地裡靜靜地散步。這時候出現了一個小孩，講了一些我聽不清楚的話，結果魔女就打了那孩子，那孩子就這樣死掉了。隔天魔女的頭不見了，我非常傷心。然後白狼變身成一個很漂亮的女人，她說『跟我來！』，我逼不得已，只好跟著她走。」

「……奇諾，妳昨天到底看了什麼書啊？」

「──旅行者，怎麼樣？」

「什麼東西怎麼樣？」

「書之國」
—Nothing Is Written!—

「就是您剛剛還回來的書啊，妳全都看過了吧？」

「啊，是的……很好看呢！」

「其他呢？」

「其他……你是說？」

「嗯，應該還有其他感想吧？譬如說文章很好或是很差啦，登場人物的感情是否有充分描寫出來等等。我希望能得到您的批評指教。相信您一定會做出跟這國家的人們截然不同的評價。」

「你突然這樣問我……真的很難回答耶！」

「這樣啊……像我的話就給這本書打六十九分喲！當然啦，滿分是一百分。」

「喔……」

「它把主角描寫得很好，可是配角對主角的影響就稍弱了。只要能夠克服那點，一定可以得到很多分數的。」

「這樣子啊……」

「這個作者對動作的情節描述得非常細膩，彷彿耳邊就會響起主角踢腿劃破空氣的聲音呢！那點真的很讚。反之，對大自然的描述就很隨便了。光是開頭的時候，『藍空。行雲』這個句子就出現了十三次呢！讓人覺得怪掃興的。」

「……」

「等一下！您剛剛有說什麼對吧？那就是作者的獨特風格。可能他的作品裡並不需要多餘的自然描述吧？我還沒體會到他的精髓吧？」

「什麼？那您對此有什麼評價呢？」

「九十二分！果然是這名作者的最高傑作之一吧！」

「喔～既然您這麼肯定，其中一定有什麼理由吧？」

「呃，那個……」

「當然！您一定能夠瞭解動作的情節撼動人心的臨場感！但不只有那些，這名作者對於必須從戰場活著回來的主角們內心的悲傷，描寫得真的很深刻。」

「喔～您是著眼在那個部分啊？」

「……不好意思，我差不多該告辭了……」

「當然！沒有閱讀過這個部分就無法討論這名作者了。嚴格說來，對於只被動作的情節吸引的讀者，大可不必理會。不過您說的自然描述等等，的確是那樣沒錯，這我承認。不過，像他在『相見洛魯多．利瓦』那麼積極描述自然景象又是為什麼呢？」

「嗯嗯，你覺得倒不如削減故事節奏？這對出版『羅魯．李維』來說，倒是很酷的選擇。」

「那我就此告辭了……再見。」

「您應該知道作者的父親跟叔叔，早在他幼年時期因戰爭去世的經歷吧？在『波比與檸檬』裡，他利用主角把這段回憶敘說出來。在『純潔藍夫人』裡，女拳擊手不明白求生存為什麼必須互相殘殺而煩惱不已。他以不帶感情的方式表現籠罩在戰火下的大自然，卻寫實地刻劃出悲哀至極的人性內在，簡單描述外在情境則可突顯他的目的——」

「——也就是說，在那部作品裡——」

「——有所謂溫和派的作家們一直追求的『真實、道德與中庸』。在這主題裡——」

「——重要配角接二連三地死去，是因為他們——」

「——那正是探索宇宙之母般的自然界法則之手法的——」

「書之國」
—Nothing Is Written!—

「——原來如此……那關於那幾點的意見我們是一致的囉?天哪,想不到您閱讀得如此透徹。」

「什麼?什麼?」

「話說回來旅行者您……咦,不見了?」

「有讀過『來自羅吉吉克尼爾薩雷的信』嗎?相信那本書絕對會超過八十分的。」

「嗯,我讀過了喲!而且毫無怨言地給它打了八十九分。最重要就在第二章裡的寢室那場戲。其實那是在對『車輪只是不停迴轉』一作致上最敬意喲!作者認為如果想順利當個作家,那場戲是非常必要的。其實他本來就很想那麼寫了。這在『第十九號包裝』及最初期的代表作『重力在四十五歲打破窗子』裡就看得出來了。」

「喔~想不到您連那部分都注意到了,您的閱讀方式真的很美耶。看過『加強電流——命運的三叉路』了嗎?」

「當然!我輕輕鬆鬆就給它打八十八分,那可是短篇作品的最高傑作呢!」

「『克里斯特尼爾托尼斯』呢?這本千萬別錯過哦!」

「我早在五年前,跟『魯魯特尼爾托尼斯』一起看過了。那麼『拉姆如是說』你看了嗎?」

「喔,當然。那麼『托莫瑪・雷帝亞茲~我的戀曲~』呢?」

「在那個年代算是必讀的書呢。我讀過了喲,那麼——」

「——好閒哦……嗯？」

「……原來如此，這兩旁跟上面都堆滿行李啊……然後這個是——」

「喂！你該不會是摩托車小偷吧？」

「啊！不、不是的……那個我、我……只是……」

「你好！」

「哇！」

「嗨，奇諾！今天怎麼這麼快啊？」

「我在裡面看到他，所以就出來了。」

「呃……那個……」

「小偷先生我來幫你介紹，這位是奇諾。」

「你好，抱歉嚇到你了，它叫做漢密斯。如果你打算偷走漢密斯的話，請你不要那麼做，否則我會很困擾的。」

「妳、妳誤會了，我只是想靠近一點看看它而已，抱歉做出害妳誤會的事情。」

「原來是這樣啊？」

「你對摩托車有興趣嗎？」

「不是的……啊，不是啦，其實也是啦……我也有想過如果靠它就能夠旅行了。」

「旅行是嗎？」

「是的，我對旅行很有興趣……」

「只要你學會怎麼騎摩托車，你就能夠旅行了。」

「……不，我辦不到的，我連腳踏車都不會騎呢！真是不好意思……那麼……」

「呃——請等一下。」

「什麼事？」

「我只是覺得很稀奇，難不成你打算離開這個國家？」

「是、是的，一點也沒錯。」

「啊，你是不是很～討厭看書啊？」

「不，我很喜歡看書，就這點來說，這裡是一個很棒的國家，而且可以閱讀到許多各式各樣的書籍。」

「這樣啊？」

「的確是那樣沒錯，我也很喜歡它這一點喲……不過，你要出外旅行啊？」

「……是的……奇諾，妳有時間嗎？可否請妳聽我說幾句話呢？」

「當然有，我也很想聽呢——」

「其實我……夢想有一天能出版自己的書，希望能讓大家閱讀我寫的文章，所以才想出去旅行。」

「咦？在這裡無法實現嗎？」

「是的。」

「為什麼？」

「書之國」
—Nothing Is Written!—

「奇諾跟漢密斯妳們可能不曉得，不過那也難怪啦……這國家沒有半個人想自己寫點東西，只曉得沉浸在閱讀的樂趣裡，所以國內沒有任何一家出版社或印刷廠。」

「那麼，這麼大量的書是打哪兒來的？」

「每年都有好幾次所謂『書店』的專業商人到處收購書籍賣來這裡，那些書全是他們帶進來的，至於這個國家，則完全沒有自行創作的書籍。」

「我明白了。」

「真叫人訝異啊！」

「而我……從小就超喜歡幻想。我常常在腦子裡創作許多故事，讓喜歡的角色大肆活躍，獨自享受其中的樂趣。譬如說睡前啦，或不想聽老師上課的時候，就在課堂上創作故事。」

「我瞭解了。」

「不太明白耶！」

「在閱讀的時候我也一樣。有時我會邊閱讀一本書，邊利用那份樂趣來充當自己幻想的引爆劑。我認為那是所謂的『幻想失控』。明明自己就在看書，可是卻像一艘在旁邊行駛的船一般『咻』地突然跳開，我們只好迅速轉舵改變方向。而自己的幻想『咻』地一聲顯現，我也沉醉在把它越編織越大的樂趣裡。有時候還因為只顧著製造幻想，而無心把書看下去。」

「我也有過這種經驗。」

「我完全沒有。」

「後來雖然知道那只是我在癡人說夢，但是我真的越來越不滿足，我想把那些幻想跟自己的內心話留下來，想把它們變成文章留下來。我開始有這種想法，然後希望有人能閱讀，進而去瞭解，希望它們能感動其他人，就像其他書感動我一樣，希望它們能帶給大家歡樂，就像其他書帶給我歡樂一樣。」

「原來如此。」

「……不予置評。」

「那種想法越來越強烈。這個所謂自我的容器一定有它既定的容量，因此當你從書本吸收到的知識灌入其中時，其他東西則會從裡面溢出。當我在這個國家讀到越多其他人寫的好書，就越希望自己也能夠寫書。或者這麼說好了……那就如同你聽到什麼有趣的事情，或有什麼自我堅持的時候，想要表達出來讓大家知道的心情。但是其他人……，不曉得是基於『我懂得比你多』的反抗心

理，或者是對自己不曉得的事感到悔恨，進而產生的嫉妒。也或許兩者皆是吧。」

「請繼續說。」

「我想出版自己的書，那是我的夢想……可是，這個國家只有我有這種想法，搞不好我是這國家最奇怪的人呢！至於我是認為，其他人只是閱讀現成的書，再藉由批評書的內容得到樂趣。為什麼他們就不會想要自己寫書呢？我甚至還有朋友這麼對我說，『寫書？那麼做要幹嘛？』」

「…………」「…………」

「可是我已經按捺不住了，想寫些東西讓大家知道的衝動從我內心湧出……喉嚨有種乾渴的感覺。」

「因此，即使明知道將會面對危險或辛苦，你仍然想出去旅行。」

「沒錯！只要不是這裡，或許在其他地方能碰到什麼機會！或許會遇到欣賞我寫的作品的人，或是願意幫我出書的出版社！……不過關鍵在於，我並不曉得如何旅行。正如剛剛所說，我連腳踏車都不會騎呢！」

「……既然這樣……」

「什麼？」

「既然這樣，你只能留在這個國家了。等到你放棄夢想的時候，或許就會覺得只有讀書的人生其實也不壞呢！只要你願意認命，至少可以不用自己去冒險。」

「……是……沒錯啦……一直留在這個國家，然後完全失去自己幻想創作出來的東西……不，到最後我也不幻想了，搞不好連怎麼幻想也會忘記，就這樣過完一生——」

「…………」「…………」

「啊哈哈！那也是很有可能啦！我覺得現在好像已經看到自己的未來了喲！彷彿走馬燈那樣的鮮明。」

「然後就這樣渾渾噩噩地增長年歲，這也是有可能呢！」

「沒錯！的確是能預想出那樣的人生，彷彿一本早已寫好的書，只是閱讀早已寫在上面的故事一樣。」

「是啊。」

「可是想過之後我才恍然大悟，就是我討厭那樣的人生！我不想看到自己的命運像圖書館裡被仔細分類的書籍一樣！而且！還不能寫任何東西在上面！」

「…………」「…………」

「謝謝妳聽我說這些話，我會再好好考慮的。」

「說的也是，不過你可別太鑽牛角尖哦！不要想到最後以為一切都完了。」

「奇諾說的沒錯，那只是『黑白浪費時間』喲！」

「啊？」

「……應該是『白白』吧？」

「噢，對對對——」

「早安，漢密斯。」

「呼啊啊啊啊，早安……咦？奇怪？要出發了嗎？」

「對。」

「不是還很早嗎？」

「沒關係，反正我早餐也吃了，需要的物品也全備齊了。」

「我不是那個意思，我一直以為你會看書看到快傍晚的說。」

「不，讀書固然很快樂，但又不是只有在這個國家才能讀書，我覺得這裡是個撇開書本不談就很無趣的國家。」

「嗯……算了，能離開我也很高興喲！況且今天天氣也不錯。」

「……好了，這樣離境手續就完成了，感謝您這些天停留本國，祝您一路順風。」

「謝謝您。」

「謝了。」

「好了我們走吧，漢密斯。」

「好極了——」

「奇諾，前面的轉角好像有人，而且還背著大行李呢！」

「……那是昨天那個人，停下來——」

「書之國」
—*Nothing Is Written!*—

「早安！奇諾、漢密斯。」

「早安。」

「早──」

「奇諾、漢密斯，前面有條叉路。在走到那裡以前，我能夠跟你們一起走嗎？」

「可以啊！漢密斯你覺得呢？可以把引擎關掉嗎？我推你走一陣子。」

「嗯，隨便妳。」

「在你們國家的外頭碰見你，老實說我很訝異呢！」

「嗯，我也是。雖然是碰巧遇見，不過幸好還能再見到妳們……正如妳們所看到的，我決定開始旅行。」

「是嗎……那其他人怎麼說？」

「基本上我把自己的想法都告訴我父母了，不過他們卻說『你在這裡生活得好好的，幹嘛要做那種愚蠢的事？而且那不過是在浪費時間罷了！』，想硬把我留下來。所以我就寫下『我知道了，爸爸、媽媽。我再也不會想那種事了。』讓他們安心，然後在早上偷偷溜出來。」

「真有你的！」

「這就是所謂的『以上所言純屬虛構，不代表本人立場』對吧？」

「哈哈哈，沒錯。不過剛剛走在路上的時候，遇到在圖書館排隊看書的朋友，他們也訓了我一頓呢！」

「他們說了什麼？」

「他們說『或許你執意要離開，但這裡還是最棒的地方，我們隨時都在這裡，等你改變心意的時候就回來吧！希望我們還能再見面。』」

「……原來如此。」

「我也跟他們說『下次見面的時候我可能就近在你們眼前，不過卻完全聽不到你們的聲音。所以隨便你們怎麼批評我或打分數，我是不會回應的。』」

「…………」

「妳覺不覺得好笑，奇諾？」

「有一點。」

「結果沒有人對我說『路上小心』……算了，我也無所謂。」

「……你打算怎麼旅行？」

「經妳這麼一提，說的也是。」

「關於這點，我昨天想了很多。我這個人既不會開車也不會騎摩托車，不過我覺得要去什麼地方，絕不會只有一種方法。我能夠用雙腳走，並且我從以前就很會滑雪，所以我打算先徒步旅行，再往南走去，要是遇到積雪，就滑雪到我所能去的地方。雖然這會花點時間，但是對我來說卻是最好的方法。所以——我也不知道自己能夠到什麼地方，也可能哪裡都到不了吧！」

「原來如此……這想法不錯喔！」

「你行李好大一包哦，裡面是裝些什麼？」

「兩側較長的是滑雪板，至於這個登山背包則可直接拿來當雪橇用，裡面裝了簡單的換洗衣物及攜帶糧食。此外，帶最多的就是紙，多半是我之前寫的作品，其餘的是準備繼續寫作用的。」

「喔——」

「你有帶說服者之類的武器嗎？」

「有的，我擅自拿出家裡最輕的一把，就是這把。」

「欸——奇諾，這是哪一型呀？」

「二三四〇型，附雷射瞄準器。這一型應該到處都買得到子彈，不過還是請你把子彈當糧食一樣經常備足，並且讓它保持在隨時可用的狀態，記得每天要分解清理。」

「……知道了，我會注意的。」

「還有一件重要的事。」

「是。」

「開槍的時候千萬不能猶豫，無論對手是會吃掉你的動物，或是不會吃掉你的動物。無論什麼時候都不要在意其他生物，要以自己活下去為最優先……記住，死人是無法拿筆寫字的。」

「……知道了，我會謹記在心的。」

「——葉子落下來了。」

「是啊，天氣就快轉冷了——」

「那我們就這裡告別，我打算沿著森林往南走。」

「是嗎？……那路上小心喔！」

「保重囉！」

「謝謝妳。……奇諾！」

「什麼事？」

「我還不確定接下來會怎麼樣。不過，假如我能熬過冬季……我一定會回去我的國家，這也是為了激勵過去的自己。」

「……這想法很好呢！」

「真的謝謝妳多方面的幫忙，很高興能認識妳，那麼就此告別吧！」

「路上小心喔！」「路上小心喔！」

「……！奇諾，漢密斯……」

「是。」「嗯。」

「我走了！」

「——之後越過那個山頭，再馬上往西北方向走，應該會看到一條寬廣的街道。」

「原來如此，我知道怎麼走了。……倒是奇諾。」

「嗯？」

「妳覺得……那個人會順利到達嗎？」

「…………」

「怎麼樣？」

「不，我不認為。」

「為什麼？」

「譬如說，當有十個人下決心要完成某事，只要有一個人能完成那個願望就算很好了，所以我不覺得他會順利達成願望。」

「…………」

「就機率來說，事情就是那樣。」

「……傷腦筋。奇諾妳這種說法，不就跟師父以前教訓妳的話一模一樣？」

「沒錯。所以囉——」

第八話「溫柔之國」

—Tomorrow Never Comes.—

第八話「溫柔之國」
—Tomorrow Never Comes.—

大地染上了色彩。

群山形成緩緩相連的高地。整個山峰、山谷及山頂全被茂密的森林所掩蓋。樹葉染上了黃與紅，與原本的深綠交織出拼花般的景象。

放眼望去，天空是一片淡淡的藍，高得彷彿可以穿透穹蒼，而且看不到任何雲朵。

森林裡的樹木紛紛飄下了紅葉。

在這其中，有一條路。

土質堅硬的路被落葉整個覆蓋住，一連串的彎道及起伏的山坡，則順著高山表面延伸。

此時有一輛摩托車正在奔馳，落葉隨著它駛過而揚起，感覺就像船隻掀起海浪似的，加上這一路上有不少急轉彎，因此摩托車慢慢地循著路走。

摩托車的騎士年約十五歲左右，她有雙大大的眼睛及精悍的面貌，身上穿著棕色的大衣，長長的下擺則捲在兩腿固定住。她戴著有帽沿及耳罩的帽子，為了不讓耳罩隨風亂飛，所以用防風眼鏡的鬆緊帶固定住。

騎士的後座有個載貨架，上面綑著碩大的包包，下面則裝有像是夾住後輪的置物箱。

「老實說，漢密斯。」

騎士邊騎車邊說：

「我們現在前往的國家，不怎麼……不對，應該是說旅行者對它的評價相當不好。」

「是嗎？」

名叫漢密斯的摩托車相當訝異地反問。

「之前我不是有說過，『他們並非不愛打交道，而是本來就對外人很冷漠』、『那個國家並沒有禮貌這個字眼』、『不管你怎麼安慰自己，都不會覺得它是個好地方』、『他們該不會自以為很了不起吧？』等等。」

「……………」

「『總之很不友善，對人也很不耐煩』、『小孩子會對你丟石頭』、『只要有旅行者上門就把店關

「溫柔之國」
—Tomorrow Never Comes.—

起來，不然就推說東西賣光了』、『只能吃到難吃的食物』、『小心不要被敲竹槓』等等。」

「…………」

「『入境需花上一天的時間』、『可得知旅行者形象有多壞的最佳典範』、『連飯店都不會招待你，因此露宿是最佳選擇』、『根本不會想去』、『那種國家還是早點消失的好！』等等。」

「…………」

「我一說想去看看，所有人都拼命阻止我呢！」

騎士淡淡地微笑著說。漢密斯以相當訝異的口吻問道：

「……這樣妳還要去嗎，奇諾？還有很多可供妳自由選擇的路線耶！」

那個叫奇諾的騎士笑著回答：

「就是這樣我才想去，我對那個被大家批評到一文不值的國家很感興趣，而且，或許它有稍微改善也說不定呢！」

「啊？那要是完全沒改善呢？」

「那更好，等離境後，我們就可以互相發牢騷啊！」

奇諾斬釘截鐵地說道。

「算了，沒關係啦！」

漢密斯喃喃說道。

不久，道路變成險峻又曲折的羊腸小徑。如果要沿著高山外環往上爬，就得經過連續不斷的急轉彎。

奇諾往下看，從樹木的縫隙間依稀可見剛剛走過的路。

終於，她們來到路的最頂端，奇諾把漢密斯停了下來。

接下來的路要越過山頂往下走，右側沿著稜線望去是高聳的山頂，正面則是延展到對面山頂的雄偉U型山谷，在其中有個被灰色城牆包圍的國家，看起來相當渺小。

「景色好美哦！」

漢密斯吐露出他的感想。

「是啊！不過，從這裡是看不出這裡的居民是怎麼樣的人的。」

「說的也是，那我們走吧！搞不好它會是個令我們印象深刻，永難忘懷的國家呢！」

漢密斯開玩笑地說道，奇諾則微笑著說：

「真是那樣就好了。」

摩托車開始沿著緩降坡下山。

城牆上的城門緊緊地關閉著。而門前則站著數名手持長槍型說服者的士兵，彷彿在等候奇諾他們到來。

奇諾放慢速度說：

「好了，再來就看我們是否能順利入境了。」

「如果只有妳不能進去，那怎麼辦？」

漢密斯答道。奇諾讓漢密斯在城門前停了下來，她關掉引擎後下車，拿下防風眼鏡走向士兵們。他們全都一副兇神惡煞似的看著奇諾跟漢密斯。

正當奇諾準備跟他們打招呼的時候，

「妳打停留幾天？」

其中一名士兵突然態度粗暴的問道。

「哇塞，真的如傳聞中那樣？」

漢密斯用別人都聽不到的聲音喃喃說道。

「三天，也就是希望你們能讓我停留到後天。」

聽到奇諾這麼說，士兵們的表情突然鬆懈下來，彼此相視而笑，接著又緩緩恢復直立不動的姿勢，然後全體士兵以整齊劃一的動作向奇諾跟漢密斯敬禮。

一名看似隊長的人慇勤地對她們說：

「歡迎來到我們國家！我們衷心歡迎兩位的來訪。」

「…………」

奇諾嚇了一跳，然後脫下帽子說：

「你好，我叫奇諾，這位是漢密斯。」

看到奇諾回禮，士兵們才終於把敬禮的手放了下來。

「奇諾跟漢密斯是嗎？麻煩妳們到這邊來。」

隊長並沒有帶奇諾跟漢密斯到崗哨，而是直接帶往城門。奇諾再次訝異地問道：

「不需要經過任何審查嗎？譬如說檢查是否有攜帶危險物品什麼的？」

「溫柔之國」
—Tomorrow Never Comes.—

「不需要，只要妳沒有任何犯罪行為，否則那麼做是很不禮貌的。」

隊長笑咪咪地說道。此時另一個人走進崗哨，並立刻把外城門慢慢拉上。

「好了，請進。根據規定，妳不能站在城門外。等一下裡面會有人下來，到時候有什麼問題儘管問他就行了。」

於是，奇諾轉身背向恭敬行禮的士兵，推著漢密斯穿過厚厚的城牆。漢密斯開口說：

「感覺有點掃興耶，我們是不是走錯路了？」

「不，不可能。」

奇諾如此否定著，而她前方的內城門也開始打開了。

穿過內城門，奇諾跟漢密斯來到了城鎮的街道。

城門前是個廣場，那裡聚集了幾個人。他們一看到奇諾的到來，便開始親切地對她說歡迎來訪之類的話。

就在奇諾跟他們應答的時候，從四處又湧來更多人群，最後奇諾等人便被包圍在人群中央。他們全都笑容滿面，異口同聲地表示歡迎，根本就沒有人怒目相識或對她們丟石頭。

漢密斯用只有奇諾聽得到的聲音說：

「這是另一個國家！我們一定是走錯路了！」

「不可能吧……應該沒錯啊！」

奇諾對現場的民眾說：

「謝謝你們的歡迎，我從沒想到會受到如此盛大的歡迎，所以感到有點受寵若驚。呃……有件事想請教各位。」

人們像是為了仔細聆聽奇諾的話而變得鴉雀無聲。奇諾面帶稍微緊張的表情，詢問哪裡有價錢不高，但房間裡外有地方可停放漢密斯，又附帶浴室的旅館。

於是他們議論紛紛地討論著，有人說「那裡比較好」，又有人表示「不，這家比較好」。就在這個時候，從人牆後方傳來一個女孩的聲音。

「我家符合妳的條件喲！」

人們讓出一條路，一名女孩跑到前面來。是個年約十一、二歲，有著一對大眼睛的短髮女孩。

所有人停止議論，注視起這名女孩，而女孩則向眼前的奇諾敬一下禮說：

「妳好，旅行者，我叫做『小櫻』。」

「妳好，我叫奇諾，這是我的伙伴漢密斯。」

奇諾笑嘻嘻地回答，「妳好。」漢密斯也對她回禮。

小櫻直盯著奇諾看，並雙手抱拳地問：

「我爸媽就在前面不遠處經營旅館。我想妳一定會喜歡那裡的，要不要過去看看？」

奇諾露出詫異的表情，馬上又笑咪咪地說：

「那就麻煩妳帶路了。」

「好的，請多多指教。」

聽到奇諾跟漢密斯這麼說，小櫻露出笑容用力點頭。

「好！」

奇諾在小櫻的帶路下，推著漢密斯慢慢前進。

途中她還把大衣脫掉，掛在漢密斯的載貨架上。奇諾穿著黑色夾克，腰部繫著皮帶，她稱之為「卡農」的單手操作式掌中說服者，則收在掛在右腿上的槍套裡。

「對了，奇諾。」

小櫻抬頭看著奇諾說道。

「嗯？」

「『奇諾』這名字既簡短又響亮，而且很好叫，是個很棒的名字耶！」

「謝謝，我以前也那麼認為。」

聽到奇諾這麼說，小櫻露出有點訝異的表情。

「以前？那現在呢？」

奇諾笑了一下，然後低頭對小櫻說：

「現在也是，我仍覺得它是個好名字。不過『小櫻』這個名字也很響亮啊，有什麼特別的意思嗎？」

小櫻靦腆的說：

「這是花的名稱，是一種盛開在春天，漂亮的粉紅色花朵。」

「這樣子啊……」

奇諾簡短地說道。小櫻這次則噘起嘴說：

「可是啊，我朋友都叫我『小鷹』或『鸚鵡』來取笑我，我快被煩死了。」

「…………」

看到奇諾遙望遠方沉默不語，漢密斯問道：

「妳怎麼了？奇諾？」

奇諾馬上說：

「沒事。」

然後又接著說：

「很難解釋。」

不久，奇諾她們抵達了旅館。

雖然規模不是很大，但裡裡外外都打掃得很整潔。

一對站在櫃台的年輕夫婦向奇諾他們打招呼。

「歡迎歡迎！這裡已經很久沒有外地的客人來光臨呢！」

「他們是我的爸爸媽媽，也是這家旅館的經營者兼負責人，而且還兼任這附近的導遊哦！而我則是最具潛力的實習生。」

小櫻如此說道。奇諾笑咪咪地打招呼，並向他們介紹漢密斯。

「妳想住什麼樣的房間？」

小櫻的母親向奇諾問道，而小櫻快速地看過櫃台登記簿說：

「一樓那間門很大的房間空著嗎？」

母親點點頭。

「就住那間吧！這樣漢密斯要出入也比較方便。」

奇諾跟漢密斯被帶到小櫻提議的那個房間。正如小櫻所說的，那裡的確很方便漢密斯進出，而且不必改變方向就能直接從另一扇門走出戶外，是一間很方便的房間。小櫻問奇諾覺得這個房間怎麼樣？她回答非常滿意。

「馬上就要吃午餐了，待會兒請妳到餐廳去。在大廳右手邊，畫有一個大橡實的那扇門就是了。」

「謝謝，我馬上就過去。」

小櫻離開之後，漢密斯對著把行李從載貨架卸下來的奇諾說：

「我怎麼覺得跟過去的風評大不相同啊？」

「沒錯，我也嚇了一大跳呢！」

漢密斯稍微降低音量，用正經八百的語氣說：

「我說奇諾，這些服務會不會待會兒就全變了樣啊？或許就是這種差距，才讓旅行者感到極度不滿呢？」

「他們會這麼有心機嗎？……不過，就算真的那樣也沒關係啦！我先去吃飯，吃完飯後再到街上繞一繞，或許就正如你說的呢！」

奇諾苦笑著說完，便走出了房間。

享受過非常可口的午餐之後，得知奇諾想到街上看看，小櫻自願免費當她的嚮導，奇諾也很感激地接受了她的好意。

奇諾卸下掛在漢密斯後輪左右兩側的置物箱，請小櫻去拿個坐墊過來，鋪在載貨架上，就完成了一個速成的後座。

小櫻側坐在上面，奇諾要她在行進中把手環住她的腰，但是千萬不要碰她右腿上的「卡農」。

奇諾第一個請她帶路的地點，是能夠檢查漢密斯狀況的機械工那裡。

原本在修理汽車的中年機械工欣然地答應奇諾的請求。他從頭到尾仔細地檢查漢密斯，然後把相當老舊或損壞的零件，及狀況不佳的地方全找出來。

「嗯？這是怎麼回事？」

機械工看到漢密斯引擎旁邊少了一顆螺帽，向奇諾問道。

奇諾因為難為情而語焉不詳，於是漢密斯便替她解釋：

「是奇諾用說服者打的，她說這樣就不會脫落了。」

「開槍打的？」

「因為固定的螺絲帽怎麼都拆不下來，奇諾就將說服者減低一些火藥量，對著被硬化的錫粉包住的螺絲帽的角角射擊。我曾勸過她最好不要這麼做的說。」

機械工再次面向奇諾，然後用既訝異又冰冷的表情說：

「旅行者……妳行事的作風很豪邁，不過我實在無法苟同耶！」

「你說得對……真是抱歉。」

一聽到奇諾這麼說，

「大叔，你再多講她幾句啦！」

漢密斯又半認真地說道。不久機械工用滿是油污的臉微笑著說：

「不過應該還是能修啦！旅行者，妳就跟小櫻到旁邊喝個茶等我吧！那麼要開始動手囉，漢密斯。」

「一切有勞你了！」

漢密斯開心地說道。

奇諾跟小櫻則坐在機械工店門口的長板凳喝茶。頭頂著美麗的晴空，和煦的陽光也照在她們身上。

「他是個細心，技術又好的人。很難得看到漢密斯那麼開心地讓人家修理喲！」

聽到奇諾這麼說，小櫻抬頭看著身旁的奇諾，並開心地說：

「太好了。」

奇諾又補了一句。

「而且他還會狠狠訓客人呢！」

小櫻嘻嘻地笑了起來。

「茶也很好喝呢！」

奇諾剛講完這句話，

「旅行者～歡迎蒞臨我國！」

鎮民從車窗揮著手，笑嘻嘻地從她面前通過。

第二天早上，奇諾在天明時醒來。

她把修理後如新車一般，還在熟睡中的漢密斯留在房裡，獨自來到了旅館附近的小公園。天空萬里無雲，而且是個大晴天，聳立在城鎮北方的高峰，看起來離這裡更近了。

奇諾在那裡跟往常一樣活動筋骨，從簡單的運動到格鬥訓練，然後利用沒有裝子彈的「卡農」做了好幾次拔槍練習。

就在奇諾擦汗的時候，有位正在慢跑的男子跑向她。他笑嘻嘻地跟奇諾打招呼，奇諾也跟著回禮。男子詢問奇諾對這個國家的印象如何？

奇諾很坦白地回答他說，很多地方跟她過去所聽說的傳聞截然不同。聽到她這樣說，男子苦笑著說「我想也是」。他表示以前真的是很糟。

男子指著「卡農」問奇諾最近是否有幫它徹底維修。奇諾搖搖頭，於是男子告訴她南區那邊有個技術不錯的說服者鐵匠，可以過去看看。並且在地上畫了簡單的地圖作說明。

奇諾向他道謝，男子說：

「跟妳願意進入這個國家比起來，這點事算不了什麼喲！」

話一說完，他就笑嘻嘻地揮手道別離去。

「南區的說服者鐵匠是嗎？我知道了，我們就去南區，那裡的公園很美喲！」

吃過早餐之後，奇諾詢問小櫻是否願意幫她帶路，小櫻則爽快的答應了。奇諾向她道謝，不過小櫻卻有稍稍認真地說：

「能夠滿足客人的需求，可是嚮導的工作。」

「溫柔之國」
—Tomorrow Never Comes.—

跟昨天一樣，兩人乘著漢密斯抵達的地方，是靠近南方城牆的一家小店。小櫻大聲朝裡面喊「有沒有人在啊！」過不了多久，從裡面走出一名個頭矮小、禿頭、臉色又難看的老人。

「本店今天休息。不，是休到明天。請妳們後天再來好嗎？」

原本在睡覺的說服者鐵匠，板著臉孔說道。

此時小櫻開口說話了。

「這位奇諾是個旅行者，只待到明天就要離開了。可以請你幫她修理說服者嗎？」

說服者鐵匠露出意外的表情說：

「旅行者？」

小櫻點點頭，他看了一眼奇諾並粗魯地問道：

「哪一把？」

於是奇諾從槍套裡拔出「卡農」，一時之間卻又不知如何是好。接著，鐵匠輕揮手指，示意奇諾把說服者拿給他看。拿過來之後，他依然板著臉孔反覆檢視。口中還念念有詞地說著：「天哪！」

「……好，我知道了。如果妳願意的話，我就幫妳把它大修一番。」

說服者鐵匠並催促奇諾拿出其他的零件。奇諾道過謝之後，就把「卡農」的預備零件跟幾個空槍管交給了他。

「它似乎有點走樺了，我會從骨架調查的。必要的話還會把零件換掉，所以可能會花點時間。大概要中午過後吧？妳們可以先去公園逛逛，那裡正在舉辦慶典哦！」

說服者鐵匠說著，從掛在牆上的幾把說服者裡面挑了一把，那是四五口徑的聯動式擊發左輪槍，也把裝在半月形彈匣上的子彈遞給了她。

「這是代用品，雖然在這個國家用不上，妳還是暫時佩在身上充個數吧！」

旅行者跟摩托車及女孩道完謝便走出了店外。而老人看看剛接手的掌中說服者，然後在空無一人的店裡小聲說道：

「驚人……真的很驚人，活得久果然有價值呢！」

距離那家店不遠處有一座大公園。裡面除了有森林的樹木之外，還有水質乾淨的沼澤跟水池，還有幾棟木造的簡單房子，供小孩子在裡面玩耍。

公園的一角有個露天劇場，人們全聚集在那裡。

奇諾、漢密斯以及小櫻到達那裡的時候，舞台劇早就上演了。小櫻跟奇諾他們解釋說，這個舞台劇是由市民們演出，藉以教導孩子們瞭解國家歷史的。

奇諾表示自己對歷史很有興趣，小櫻就跟她說：「那我們就過去欣賞吧！」

她們倆和摩托車就排在人潮的最後方。結果人潮中有個人認出奇諾是個旅行者，便表示願意讓她擠到前面看。接著又有一個人如法炮製，後來另一個人也笑嘻嘻地讓出位子。結果奇諾她們跟好幾個人道過謝之後，就在觀眾席視野最好的地方觀賞。

奇諾有點不好意思地坐在位子上，漢密斯則是用腳架立著停放在她身旁。舞台劇早已開始。正當奇諾設法融入劇情的時候，舞台旁負責解說的男子突然說：

「暫停一下。請暫停！……啊，對不起。不過請暫停一下！坐在那邊的，該不會是昨天入境的旅行者吧？」

舞台上下的人全都望著奇諾。小櫻馬上站起來說：

「沒錯！她剛剛說想看舞台劇！所以我就帶她來看了！」

小櫻這麼一回答，周遭的大人們馬上響起一陣歡呼，而且自然而然地拍起手來，就連舞台上的演員也跟著拍手，還用手指吹口哨。解說員說：

「在場的各位，不知我這個提議如何？本劇剛開始沒多久，可否藉這個千載難逢的機會，為旅行者她們從頭再演一次呢？」

驚訝不已的奇諾跟漢密斯四周紛紛響起「沒問題！」「好主意！」的回答。然後大家又開始鼓掌。一名年輕女子站起來說：

「這次大家要仔細看好我兒子的演技喲！他是演從左邊算來的第三棵樹！」

她大聲喊著，引來一陣哄堂大笑。

而奇諾也站起來環顧四周，向大家鞠躬致謝。

「好～就這麼決定！」

解說員一說完，舞台上便開始準備重新演出。奇諾又坐回板凳上。

「我嚇了一跳耶！」

奇諾看著小櫻說道。

「我也一樣。」

漢密斯也說道。

「歡迎來到我們國家！」

小櫻滿臉笑容地說道，而舞台劇也正式開始了。

這齣舞台劇是描寫這個國家的創立過程。

很久很久以前，在一個遙遠的國度，有一群遭受迫害的人，他們曾逃到無數個國家，但是沒有一個國家肯收留他們。

經過漫長的顛沛流離，他們終於迷失在深邃的森林裡。

可是大自然的恩惠卻拯救了這群飽受饑餓的人們，這座森林沒有厭惡他們的人民，於是他們決定把這裡當做永久定居地，並成立一個新的國家。

之後，歲月不斷流逝。

「然後，我現在就在這個國家裡，站在這個過程的最前端。」

在觀眾的掌聲中，小櫻喃喃自語地說道。

「溫柔之國」
—Tomorrow Never Comes.—

「旅行者，請務必跟我們一起用午餐。」

由於提出這個要求的人們太多，讓奇諾她們感到相當困擾。到最後不得不參加舞台劇演員的慶功宴。

大家聚在公園裡烤肉，奇諾詢問自己有什麼可以幫忙的，結果就讓她負責生火。奇諾不一會兒就把火生好了，接下來則是負責烤肉。她靦腆地穿上人家遞給她的圍裙，然後大顯身手地烤著幾十串烤肉。

漢密斯看著奇諾說道：

「妳挺開心的嘛！」

宴會結束之後，奇諾一行人在公園繞了一圈，然後又回去說服者鐵匠的店。

「修好了喲！」

說服者鐵匠抬起頭說道，從椅子上站了起來，並且從工作台上伸手拿起用布包著的「卡農」。他用眼角佈滿皺紋的藍眼看著奇諾，同時把包在布裡的「卡農」的槍托對著奇諾交給她。

「這是一把很棒的說服者，要好好珍惜它。」

「謝謝你。」

奇諾收下之後，不斷地拉擊鐵、扣扳機做確認，這時候她的表情也開始有些變化。

「太神奇了……狀況比我剛拿到它的時候還要好。」

「是嗎？」

說服者鐵匠口氣粗魯地說道。

「非常謝謝你，請問費用是多少呢？」

「不需要。」

「咦？」

說服者鐵匠在自己的椅子上坐下，然後抬起頭詢問奇諾。

「妳是說服者的有段者吧？」

「嗯，是的。」

「有件事想請問妳一下……」

「溫柔之國」
—Tomorrow Never Comes.—

「請說。」

「以前我教的學徒裡，有個自稱是『師父』的人，也是個槍法神準的有段者。我這個學徒雖然是個旅行者，可是所到之處都會惹麻煩，也因為槍法太好而引人側目，在許多國家不是遭到仇視，就是備受感激……這是很久以前的事情了。只是說這個人如果還活著，年紀應該也蠻大了。」

「…………」

「旅行者，妳認識那個人嗎？」

奇諾看了一眼「卡農」，把它收進槍套裡。然後直視著說服者鐵匠說：

「不，不認識。」

說服者鐵匠微笑著說道：

「我知道了，謝謝。我不收妳錢，還有……」

坐在椅子上的他轉了個身，拿起一只放在桌上的木箱交給奇諾。

「請妳打開來看看。」

「？」

奇諾打開木箱，裡面放著一把掌中說服者。

是一把細長的二二口徑自動手槍，下方還有調整重量的法碼，槍管還是正方形的。

這把槍感覺像是左撇子用的，保險、滑套鎖、彈匣扣都位於右側。木箱裡有預備的彈匣跟零件。口琴形狀的滅音器、使用滅音器時的滑套鎖、專用清槍工具、槍套等等全一應俱全。

「好棒的一把槍，這種型的我還是第一次看到呢！」

奇諾如此說道，說服者鐵匠也點頭說：

「它誕生的當時被稱之為『森之人』，堪稱是二二口徑代表型的掌中說服者。」

「哦～那它很貴重耶！」

奇諾感慨萬千地把木箱還給說服者鐵匠，對方卻小聲的說：

「我希望妳能夠使用它，請收下。」

奇諾驚訝地抬起頭來，老人靜靜地說：

「我以前旅行的時候，一直把它佩在腰際。它也保護過我好幾次。不過我已經幾十年沒用它了，畢竟我年紀大了，也無法出去旅行……那傢伙還可以用，讓它跟著我一起腐朽實在太可惜了，我希望能讓它再跟過去一樣，出去看看這個世界。」

「溫柔之國」
—Tomorrow Never Comes.—

「是嗎……可是……」

「妳願意收下吧？」

「這……」

「妳應該會收下吧？」

「……我……」

「妳會收下它吧？」

「……我知道了，那我就恭敬不如從命了。」

聽到奇諾這麼說，說服者鐵匠露出彷彿賭博賭贏了錢似的笑容。接著他突然站起身來，大聲地說：

「很好！這樣才對！跟我來，我教妳怎麼使用它，也順便幫妳調整槍套跟槍托。走吧！」

然後老人突然硬拉著奇諾，往店裡面掛有「試射室」招牌的地方走去。

店頭只留下目瞪口呆的小櫻跟漢密斯。

「我先打電話回櫃台說我們會晚點回去。」

說完，小櫻就到附近的店家借電話，奇諾跟漢密斯則在街道的一角等待。此時已是傍晚時分，路上的行人越來越少。

「想不到他竟然會要我練習那麼多槍。」

喃喃自語的奇諾，手上拿著裝有那只木箱的袋子。

說服者鐵匠規定奇諾必須練習三百發子彈左右才准離開。而他則利用這段時間幫忙改造槍套，讓它能夠掛在皮帶後面。最後奇諾離開店裡的時候，他帶著非常滿意的表情目送她們離開。

「不錯嘛，但我可就閒得要命了！」

漢密斯語帶諷刺地說。

「抱歉讓你等那麼久，不過這次不是我害的哦！」

「知道啦！」

奇諾輕輕拿起袋子問：

「這個該怎麼辦？」

「妳就用啊，難得人家那麼好意送妳。」

「你說的還真簡單，要是被師父看到我佩帶二二口徑的自動式手槍，你猜師父會說什麼？」

「溫柔之國」
—Tomorrow Never Comes.—

「什麼也不會說，直接開槍打妳。」
「…………」
「妳怕被師父看到對吧？別被看到不就得了？」
漢密斯若無其事的說道，奇諾則說：
「我總覺得自己老是被那個人看透耶！」
「真同情妳的遭遇……話說回來，妳幹嘛要說不認識師父呢？」
漢密斯問道。奇諾老實地回答：
「師父曾交待過，如果將來有人問起的時候，我就得那麼回答……」
「喔～原來如此，師父有考慮到妳的安全啊！」
漢密斯欽佩地說道，而奇諾則納悶地自言自語：
「師父以前到底幹過什麼事啊？」

小櫻回來了。
「奇諾，媽媽說她會晚一點準備晚餐。」
「謝謝，那我們回去吧！」

正當奇諾準備發動漢密斯的引擎時，

「請等一下。」

小櫻說道。

「奇諾、漢密斯，在回去之前，我想再帶妳們去一個地方。而且那裡只有這時候才能去，可以嗎？」

「我是無所謂啦，漢密斯呢？」

「沒關係，那是什麼樣的地方啊？」

漢密斯問道，小櫻只回答：

「一個非常漂亮的地方！」

「好棒哦！」「真漂亮——」

門一打開，奇諾跟漢密斯同時發出一陣感嘆。在小櫻的帶領下，一行人來到了城牆的工寮，並

「溫柔之國」
—Tomorrow Never Comes.—

搭乘搬運貨物用的電梯上去。這下她們來到了城牆的最頂端。
眼前一片紅色。
剛剛西下的太陽把天空染得一片火紅，一片濃郁但又看似透明的紅。
在這裡還可清楚看到遠處相連的山峰曲線，以及陵線背後的天空。
「這裡是我最喜歡的地方，我曾想過如果哪天有觀光客來的話，一定要帶他們來這裡，而奇諾妳們是第一個來的呢！」
「這真是莫大的光榮。」
奇諾說著，把漢密斯的腳架立了起來。
兩個人跟一輛摩托車就這麼駐足欣賞了艷紅的晚霞好一陣子。
突然間，小櫻說道：
「我將來想繼承爸爸媽媽的事業，當個了不起的旅館負責人跟嚮導……這夢想不曉得能不能實現？」
「可以的。不，其實妳已經是很了不起的嚮導了！這兩天來我玩得非常開心呢！」
奇諾笑著說道。
「我也有同感。像妳這麼棒的嚮導，跟這麼棒的國家好速配哦！」

漢密斯裝模作樣地說道。小櫻略帶驚訝，然後靦腆的說：

「呵呵，奇諾、漢密斯，謝謝妳們的誇獎。」

奇諾坐在城牆上抬頭看著小櫻。

小櫻則眺望著夕陽，緩緩說道：

「我很希望能多知道一些事情，讓自己成為更了不起的嚮導。也希望能有更多旅行者造訪我的國家，並且讓他們帶著這輩子永難忘懷的美好回憶離開。」

然後這個少女面帶天真的笑容，看著坐在城牆的奇諾說：

「能夠以這種方式助人，應該很棒吧？」

奇諾微笑地抬頭看著小櫻，然後點了好幾次頭說：

「嗯，那是非常了不起的工作呢！」

說完再度把目光移向火紅的天空。

回到旅館，奇諾跟小櫻一起吃晚餐。漢密斯則在房裡睡覺。用過可口的餐點後，小櫻的母親送上茶跟蛋糕。她問小櫻是否有造成什麼麻煩，奇諾說：

「怎麼會？不僅沒有造成麻煩，我還玩得很開心呢！」

聽到奇諾這麼說，小櫻露出得意的微笑。

此時小櫻開口問道：

「對了奇諾，妳在外面旅行，有沒有遇過什麼討厭的事，或讓妳難過的事啊？」

奇諾點點頭說：

「當然有，偶爾啦！」

「那妳曾考慮放棄旅行嗎？」

小櫻看著正在喝茶的奇諾問道。

「沒有，而且我還會繼續旅行吧！」

「是因為妳覺得那是自己該做的事嗎？」

面對小櫻的詢問，奇諾搖搖頭說：

「我覺得那是我想做的事。」

她如此回答。

小櫻露出一個滿足的微笑，然後舉起自己的馬克杯喝茶。喝了兩口之後，便改變話題問道：

「對了奇諾，妳在旅途中有沒有遇到什麼真命天子啊？」

奇諾略感到驚訝，但又馬上擺出酷酷的表情說：

「沒有，很遺憾我並沒有遇到過。很多人一看到我揮舞說服者，就逃之夭夭了。」

兩人彼此相視，大笑了起來，而小櫻工作完畢的雙親也走了進來。坐向小櫻身旁。

母親開口問道：

「我說小櫻，如果妳願意，也可以出去旅行看看外面的世界喲！」

「咦？」

小櫻驚訝的看著父母。

「妳可以像奇諾那樣到處旅行，增廣見聞。然後再回來當嚮導，也不錯啊。爸爸媽媽是看了奇諾之後，才發現這也是讓妳學習經驗的好方法呢！」

「是嗎……？」

「溫柔之國」
—Tomorrow Never Comes.—

「妳覺得呢？」

小櫻感到有點迷惘，不過她馬上笑著搖搖頭說：

「不要，我哪裡也不去。我要在這裡學習，當這裡最棒的嚮導。那正是我的夢想，而且這裡也有很了不起的前輩啊！你們說是不是呢，爸爸、媽媽？」

她的父母互看了對方一眼後說道：

「是嗎……妳這種想法也是不錯啦，要是往後妳太努力學習的話，搞不好換我們會閒閒沒事做呢。」

聽母親這麼一說，當女兒的小櫻馬上回答：

「一點也沒錯！」

然後全家便開心地笑了起來。

奇諾只能在一旁旁觀，彷彿這是其他世界發生的事。

隔天，也就是奇諾入境的第三天早上。今天她沒像往常在天亮的時候就起床。

太陽早已高掛天空時，漢密斯醒了過來。他看到奇諾還在床上睡覺，著實嚇了一跳。趕緊大聲把她叫醒。

醒來的奇諾立刻跳下床，看了看窗外的太陽，隨即露出失望的表情。

「奇諾妳是怎麼了？」

漢密斯問道，但是奇諾則露出自己也不曉得怎麼回事的表情說：

「好奇怪哦……是我身體出問題了嗎？」

她喃喃自語道。

「奇諾，這附近有婚禮，要不要過去看看？」

奇諾吃完比平常還晚吃的早餐後，穿著圍裙來收拾碗盤的小櫻向她問道。

奇諾馬上答應，並回房把漢密斯牽出來，跟著小櫻一起到附近的宗教建築。因為距離不是很遠，所以是推著漢密斯走過去的。

在祝福的人牆前，站著一對身穿沈穩色系服裝的新郎跟新娘。

兩人都非常年輕，大約十五歲以上。

「怎麼這麼年輕就結婚啊?」

漢密斯如此問道。小櫻回答說:

「一般都是過二十歲才結婚的,這的確是難得一見呢!」

新郎新娘手持著大袋子上台。而女性賓客則蜂擁而至地衝到台前。小櫻很快的解釋說:

「等一下他們兩人會丟出許多小袋子,那裡面只有一袋裝有一顆樹木的種子,而那些袋子的數量是他們希望將來生的孩子人數。傳說拿到那顆種子並在明天一早醒來的人,將會是下一個幸福的新娘子呢!」

小櫻說著,衝動地準備跑到前面參加。奇諾對她說:

「我也來幫忙找吧?兩個人找總比一個人找好。」

小櫻驚訝地問道:

「真的可以嗎?」

「可以啊,我們走。」

於是兩人便加入了女性賓客的行列。

「什麼嘛!」

正當被撇在一旁的漢密斯暗暗發牢騷的時候,新郎新娘大叫:

「我們希望生五個孩子！」

然後兩人便開始把小袋子拋出去。他們一個一個地丟，台下的女賓客則殺氣騰騰地拼命搶。當她們一看到裡面沒有自己要的東西，就馬上扔向其他人身旁。

正當小櫻邊跟人家推擠邊找尋的時候，奇諾拉住她的手，然後把她帶離人群外面。

「來，給妳。」

奇諾給她的袋子裡，裝有一顆大大的種子。

「哇！……妳怎麼馬上就知道是這一袋？」

小櫻驚訝地問道。

「我從以前運氣就很好的。」

奇諾若無其事地說道。

「……我真的可以收下嗎？」

小櫻像是確認似的詢問，奇諾說：

「當然可以，只是說拿這個答謝妳當我們的嚮導可能不太夠。」

小櫻用力搖著頭說：

「沒那回事！我以前從來沒撿到過，一直希望有一天能撿到的說。謝謝妳，奇諾！」

奇諾對緊抱著袋子，一臉感激的小櫻說：

「不客氣。」

當奇諾一行人回到旅館時，已經有幾名全副武裝的士兵站在門口。他們一看到奇諾，便走上前來敬了個禮。其中一人開口說：

「旅行者，請準備離境吧！」

奇諾稍作考慮之後，從容的問道：

「請問，可以再讓我多停留一兩天嗎？」

小櫻訝異地抬頭仰望奇諾，漢密斯則大聲問她：

「哇！奇、奇諾，妳是怎麼了？」

「不是啦，我只是不知不覺有那種想法……別那麼訝異啦！」

士兵則面不改色地說：

「……很遺憾，您入境的時候曾說只停留三天。礙於規定……麻煩您馬上準備離開。」

奇諾逼不得已，只好開始準備離境。

她在附近加滿燃料，並購買攜帶糧食。店主人是個繃著臉的中年女性，向她詢問價錢時，對方卻說每個都不用錢。

「真的沒關係嗎？」

奇諾驚訝地問道。

「沒關係，因為我擔心旅行者會誤以為我在敲竹槓，所以記得幫我跟其他旅行者打廣告哦！請他們買東西務必來我這家店，要是到別家店買，旅途上的運氣會變差喲！」

女人說完還眨了眨眼，只是感覺並不可愛。

奇諾她們回到旅館之後，馬上把行李收拾好。小櫻跟她父母，以及剛才的士兵都在櫃台等著。

「如果要往西露宿的話，山頂那附近的地點還不錯。因為往前一點有落石的危險。而接下來的路線是很陡峭的險降坡。」

小櫻的父親話一說完，士兵也附和著說：

「嗯，那個地點不錯。往下走一段路還有個小沼澤，那裡的景色也不錯。」

說著便簡單地畫了張地圖給奇諾。

「來，這個給妳。」

小櫻拿了兩包東西交給奇諾。小櫻的母親說：

「這些是我們國家的傳統野外糧食，是我跟小櫻一起做的。小包的妳今天晚上吃，另一包可以當明天的早餐。這可以多放幾天的。」

奇諾收下之後，對在場的所有人說：

「非常謝謝你們這三天的招待。」

然後她將手伸向小櫻，握著她的小手說道：

「謝謝妳，讓我留下了印象深刻的美好回憶。」

小櫻則用力的回握她的手說：

「不客氣。」

西側的城門前有座廣場，堆滿行李的漢密斯跟披著大衣的奇諾就站在那裡。然後跟她剛來的時候一樣，這次眾多的居民則是聚集在此要歡送旅行者離開。

奇諾在最後對著居民說：

「各位，非常謝謝你們的款待。我走遍了許多國家，這還是第一次看到這麼親切、又這麼好玩的國家。」

在場的所有人都露出微笑，並自然地鼓起掌。

嬌小的小櫻迅速走上前來，彬彬有禮地向她鞠躬敬禮。

「奇諾及漢密斯，感謝妳們這三天的停留。下次請務必跟妳的心上人一起來這裡渡蜜月，我會事先幫你們準備好房間的。」

小櫻像個有擔當的旅館負責人似地用大人的口吻說道。

奇諾微笑著說：

「會的，我們後會有期。」

「溫柔之國」
—Tomorrow Never Comes.—

這句話讓群眾響起答謝的歡呼聲。
「後會有期了！」
小櫻一面說一面揮著小手，奇諾也以笑臉回應。
然後，奇諾推著漢密斯穿過內城門，就再也沒有回頭了。
當她來到外城門的時候，奇諾發動了漢密斯的引擎。士兵們則出來歡送她。
「路上小心。」
士兵們說道，奇諾脫下帽子向他們全體致意。敬完禮後，便讓漢密斯往前行駛。
士兵們則一直揮手向他們道別，直到看不見摩托車為止。

「奇諾，難得妳竟然會想停留三天以上？」
漢密斯一面在森林奔馳，一面對奇諾說。
「是啊，連我自己都很訝異呢！」
奇諾說完又退了一檔。然後又繼續說：
「不過這樣也好，否則再待下去的話，可能會留得更久呢！這樣的話，想離境根本就是遙遙無期。」

「……好難得哦，從來沒聽妳說過這種話耶！這該不會是天災的前兆吧？」

「講這話很過份哦！」

奇諾輕輕地笑著說道。漢密斯則略帶感慨地說：

「好棒的國家哦！」

奇諾點頭贊同。

「真的很開心。」

走了好一會兒，漢密斯好像想到什麼似的說：

「跟傳聞截然不同嘛！」

「是啊！」

「怎麼會這樣呢？」

面對漢密斯的詢問，奇諾如此說道，防風眼鏡下也露出了滿意的笑容。

「我也不知道。剛開始我還蠻在意的，不過到了中間就沒想那麼多了。」

「溫柔之國」
—Tomorrow Never Comes.—

然後她又補了一句：

「如果其他旅行者問我『那是個什麼樣的國家？』，我會這麼說：『那裡非常親切，有禮又熱情，是個很棒的國家。』」

她們一路前進，在傍晚抵達一座山頂，那正是小櫻的父親與士兵告訴她的地方，奇諾決定在這裡露營。

她在漢密斯跟樹木之間拉起繩子，再拉開防水布以防下雨，然後在下面鋪上毛毯，把睡袋放在上面。

接著她打開小櫻給的小包袱，裡面裝了烤得有點焦的瞿雉肉，奇諾便把它全吃光了。

然後她用從沼澤取來的水泡茶喝，並拿著杯子眺望東方的景色。

此時滿月沿著山峰的稜線露出臉來，照亮了微暗的森林大地。從這裡依稀看得見遠處的地面有些許燈火，那裡是小櫻的國家。

奇諾輕輕地舉起杯子，做出乾杯的動作。

喝完茶後，奇諾對漢密斯說聲「接下來就拜託你了」。然後就夾克、靴子也不脫地鑽進了防水布下的睡袋裡。

當滿月升到最高點時。

奇諾在睡袋裡醒來，並坐起了身子。漢密斯問道：

「奇諾？妳怎麼了？沒什麼異常的事情喲，這附近也沒有動物。天氣應該也沒問題喲。」

「我睡不著……」

奇諾從睡袋裡爬出來，靠向漢密斯身旁。

「是因為今天比較晚起床的關係嗎？」

「不，不是。」

奇諾斬釘截鐵地否認，奇諾表情則有些僵硬。

「我有種不祥的感覺……。聽到沙石正在剝落似的。」

說著，奇諾從右腿的槍套拔出「卡農」。原本態度輕鬆的漢密斯看到她這模樣，也以緊張的口吻問道：

「怎、怎麼了？」

「溫柔之國」
—Tomorrow Never Comes.—

但是奇諾並沒有回答，只是警戒著四周，而漢密斯也不由得看了看周遭。

天空在月光映照下形成好幾層的淡紫色，連位於遠方的連綿黑色山形也清晰可見。而東邊那一小塊地方還有燈火，顯示小櫻的國家裡還有人正在熬夜呢！

漢密斯對著宛如嚴陣以待的新兵般的奇諾說：

「沒什麼特別奇怪的狀況呀，會不會是妳神經過敏？」

就在他說完話的一瞬間，地面開始微微搖動。而且響起「噗滋」的低沉地鳴。

一塊黑色團塊從聳立於北方的高山半山腰處隆起。彷彿盛夏的積雨雲一般，然後不斷地膨脹起來。讓人感到不對勁的是，月光下方呈現一片濃灰色，而那是從高山表面冒出來的。

當它膨脹到某個程度，便開始依序崩塌滾下落石。而且隨著低沉的地鳴，以猛烈的速度沿著斜坡往下竄。就奇諾她們所看到的，是由左往右。

巨大的液體不久就把那一塊小小的燈火全吞噬殆盡。

「什麼……？那是什麼！」

奇諾邊用「卡農」的槍管指著前方大叫。漢密斯小聲地說：

「如果我沒記錯，那是火山塵暴。」

「火山……那是什麼？」

「溫柔之國」
—Tomorrow Never Comes.—

奇諾回頭反問漢密斯。身上又是繩索又是防水布的漢密斯，用學者般的口吻說：

「火山塵暴，是火山灰或輕石經高溫噴出而沿著高山表面快速向下竄流的現象。是能將一切夷為平地的災害。」

「……也就是火山碎屑流嗎？」

「對，就是那個！」

話一說完，漢密斯便沉默不語。

火山碎屑流沿著山谷往下流。奇諾看著漸漸消失的地面燈火說：

「我現在到那邊能幫上什麼忙嗎？」

「不能。」

漢密斯立刻回答。

「……」

「岩漿的溫度將近一千度。人類體內的血液會在一瞬間沸騰而休克致死。照這情況看來，他們全都難逃一死，連逃跑的時間都沒有。所以妳去了也於事無補，不過是送死罷了！」

漢密斯冷靜地對茫然的奇諾說道。

「……」

在不斷迴響的低沉地鳴裡，奇諾整個人癱在地上。

不久後，四周恢復了平靜。又過了一陣子，當山谷的視野變得更清楚時，月兒已西斜，東方的天空開始逐漸泛白了。奇諾一直握著「卡農」坐在地上，她什麼話也沒說，漢密斯也什麼都沒問。

天完全亮了以後，天空與地面恢復了原來的色彩。只是那個原先存在於山谷中的國家，已經被灰色淹沒了。

奇諾站了起來，把右手的「卡農」收回槍套裡。

她不發一語地把防水布折好，然後收拾好毛毯跟睡袋。再從行李中掏出另一個大包袱。

「吃完以後……我們就出發吧！」

奇諾說著，便坐在漢密斯上面把包袱打開，裡面放了烤硬的麵包跟醃肉。

奇諾靜靜地把它們全吃光。正準備把包袱的布折好的時候，她看到裡面還有一封信跟另一個小包袱。

她把裡面的信拿出來，上面寫了收信人跟寄信人的名字。

「……是一封信，給我跟漢密斯的，是小櫻她媽媽寫的。」

「唸一下吧！」

漢密斯簡短地說道。

奇諾在晴朗的天空下唸起了這封信。

「給奇諾及漢密斯——最後一對造訪我國的旅行者。

當妳們看到這封信的時候，我想我們應該已經不在這個世界上了。我們的國家、還有我們這些人民，大概已經被火山熔岩焚燒，埋沒在灰燼下了。

或許你們已經看到那個景象了吧！

「溫柔之國」
—Tomorrow Never Comes.—

我們剛好在一個月前得知那座山會發生火山爆發。

根據學者的調查，我們也知道一場前所未有的大規模火山碎屑流將會侵襲我們國家。

我們只有兩種選擇，那就是要或不要捨棄國家。

而我們的答案是繼續留下來。

身為旅行者的妳，或許覺得這個行動很愚蠢。可是我們在這裡生長，對其他地方一無所知，也不懂其他謀生方法。搞不好我們打從一開始就毫無選擇的餘地呢！不過即使如此，我們也不覺得那是一種不幸。

後來我們決定毫無牽掛地努力度過剩餘的日子。我們不詛咒命運，不怨恨、不悲傷，每天過著充實的生活。

但是就在這個時候，我們感到非常愕然。就在我們即將從這世上消失的時候，記得我們的竟然只有陌生人，也就是旅行者而已。

我不曉得妳知不知道，那就是過去我們國家對外來旅行者的態度非常傲慢。所以我們也很清楚，那樣讓他們感到相當不愉快。

我們發現再這樣下去，我們在每個人的記憶裡，永遠只會是言行不禮貌的人民罷了。

於是我們決定，往後如果有人再次踏進本國，將會盡其所能款待他。希望他能對這個國家的人民留下美好的回憶。

諷刺的是，當我們如此決定之後，卻沒半個旅行者來過。可能是過去不好的風評所導致的吧！

時光靜靜地流逝，正當期限只剩下最後三天，而我們也準備放棄的時候，奇諾、漢密斯妳們就出現了。

在此謹代表我國衷心歡迎妳們的到來。

奇諾、漢密斯，

歡迎妳們。

「溫柔之國」
—*Tomorrow Never Comes.*—

註：

我正猶豫該不該寫出來，不過我還是希望妳能夠知道。

知道這個真相的，只有十二歲以上具備公民權的國民而已。而火山爆發的隔天……對妳來說就是今天，剛好是小櫻的十二歲生日。

奇諾，當我看到妳跟我女兒感情那麼好的時候，我們曾打算硬把她託付給妳照顧。但是昨天她跟我們說想繼承家業，當這個國家的嚮導。如果那真是我女兒的夢想——或許妳會怪我們太自私——不過這孩子，我們還是帶她一起走好了。

在此感謝妳把這封信看完。」

「原來是這樣啊，我終於明白了。」

漢密斯說道。

奇諾拿著信思考了一會兒。不久用低沉的聲音喃喃說道：

「自私……他們太自私了。」

漢密斯靜靜地說：

「或許吧，不過這也是沒辦法的事。畢竟載兩個人旅行太勉強了。」

奇諾把信摺好，又放回信封裡。

然後拿起另一個小包袱。裡面摺著一張紙跟一個小布袋。那是奇諾在婚禮上送給小櫻的布袋。

她打開來看，種子仍舊原封不動的在裡面。

奇諾連忙把紙張打開，並開始讀上面寫的內容。

「給奇諾，

這東西……」

此時奇諾沒再唸下去，她只是瞪大眼睛盯著紙張，漢密斯催她繼續才唸下去。

「溫柔之國」
—Tomorrow Never Comes.—

「這東西我拿了也沒用，它是屬於你的。
旅途的路上要小心，
也請妳不要忘了我們。
小櫻筆」

奇諾嘆了一口長長的氣，仰望起天空。
她這動作維持了好一陣子。

不久，奇諾慢慢地把信跟袋子收進行李裡。
同時她還把說服者鐵匠送她的木箱拿出來，把裡面的槍套掛在腰際皮帶後方。
她把小小的子彈塞進彈匣裡，把幾個彈匣放進包包裡，又把其中一個裝進「森之人」裡，裝填完畢便拉上保險，收進槍套裡。
槍套只夾住槍管，乍看之下幾乎顯露在外的「森之人」便被揹上了奇諾的背後。
「嗯，很好看喲！」
漢密斯說道。奇諾則不發一語地淺淺微笑。

奇諾把行李固定在漢密斯上面，接著發動引擎，流暢又有規律的引擎聲響遍早晨的森林。

奇諾披上大衣、戴上帽子，並把防風眼鏡掛在脖子上。這時太陽也開始慢慢露出臉來，整座森林呈現一片鮮艷的綠、紅及黃色。奇諾瞇著眼睛把防風眼鏡戴上，因為鏡片的反射，難以窺見她的表情。

「真是個不錯的國家呢！」漢密斯說道。

「沒錯，我過得很開心。……真的是無可挑剔。」

奇諾跨上漢密斯說道。

「我們走吧！」

「說的也是。」

奇諾又回頭望了一眼，看看那片被塗成灰色的山谷，以及那完全被灰燼掩蓋的國家。

然後她開始往前進。

摩托車一離去，那地方又恢復一片寂靜。

「溫柔之國」
—Tomorrow Never Comes.—

尾聲「在沙漠的正中央・a」

—Beginner's Luck・a—

在佈滿砂礫與岩石的沙漠正中央，奇諾抬頭仰望天空，只見天空萬里無雲。

她低頭看著石頭砌成的水井，裡面是乾涸的。

她試著把綁著繩索的杯子垂下去，但是沒聽到水聲，拉起來時整只杯子都是乾的。

奇諾愁眉苦臉地搖搖頭。

「這跟我當初說的一樣嘛！一開始就碰到這種狀況，接下來的路哪走得下去。」

用腳架立著的漢密斯，在身穿襯衫及黑色背心的奇諾背後說道。

奇諾望著深不見底的水井唸唸有詞地說：

「該怎麼辦才好……」

漢密斯很快的說：

「沒別的辦法，現在回頭還來得及，我們回去師父那兒吧！」

奇諾猛搖頭拒絕。

「不要。」

「可是再這樣下去也不是辦法啊！」

奇諾再次搖頭。

「我也知道……但我還是不想回去。」

「真是的，妳這個人只要一下定決心，就不願意改變……。我能夠瞭解妳的心情，問題是沒有水，要旅行是不可能的！如果妳想變成人乾我是無所謂啦！不過我怎麼辦呢？我才不想跟妳的木乃伊一起被埋葬在沙漠裡咧！」

「我也不想變成木乃伊啊……可是……」

「可是什麼？」

面對漢密斯的詢問，奇諾張開雙手，然後對著水井大吼：

「為什麼！為什麼會乾成這樣！」

漢密斯冷冷地說：

「大概是妳平常沒有行善積德……，或者是神，也就是旅行之神想告訴妳，再繼續往遠方走是不可能的，應該是這樣吧！」

奇諾擦掉額頭上的汗水。

「呼——一大吼全身就熱起來，連喉嚨也乾了。」

「那我們折回去吧？」

漢密斯冷冷地說道，奇諾卻立刻回答：

「不要。」

「……唉～如果可以的話，真希望妳能倒在有其他人會把我騎走的地方。」

「你這個要求很可能做不到喔！」

奇諾說完，便從包包裡掏出繩索。

「妳要上吊嗎？」

漢密斯問道。

防水帆布掛在從井口連向漢密斯的繩索上。奇諾就仰天躺在它的陰影下。

「奇諾，妳還沒睡嗎？不，妳還活著嗎？」

漢密斯問道，奇諾用微弱的聲音回答：
「我還沒睡，也還活著……」
「再不做決定，不覺得不太妙嗎？」
「……是沒錯啦。」
「現在我們只能二選一：利用剩餘的水設法回去師父那裡，然後因為我們擅自離開被罵到臭頭；或者就是繼續待在沙漠的正中央，直到被曬死。」
「兩者我都不喜歡。」
奇諾起身，從防水帆布下走出來。
沙漠起了一點風，也開始捲起些許沙塵。
「奇諾，當旅行者最重要的是決斷力，無論是菜鳥或老鳥都一樣。我沒說錯吧？」
漢密斯以沉穩的口氣向她訓斥道。奇諾並沒有回答，而且不知道為什麼，只把大衣披在身上。
走出防水帆布後，又把它蓋在漢密斯上面。

「在沙漠的正中央・a」
—Beginner's Luck.a—

「奇諾？」

奇諾微笑著，向視線被矇住而什麼都看不到的漢密斯說：

「不，漢密斯，這一定要靠運氣。」

「咦？」

「旅行者最需要的，是一種掙扎到最後時能幫助自己的東西——也就是運氣。」

就在奇諾說完話的那瞬間，水滴「啪噠」一聲打在防水帆布上。然後接二連三「啪！啪啪！」地發出帶有節奏感的聲響，到最後變成毫不間斷的連續拍打聲。

雨開始下了。

特別加贈一篇……

「續・畫的故事」

—Anonymous Pictures—

我是一隻狗，名字叫做陸。

我有著又白又長，非常蓬鬆的毛。雖然我的臉看起來總是在笑，但那不表示我總是很開心，我天生就長得這副德行。

我正在旅行。

其實並不是我在旅行，而是我的主人西茲少爺在做漫無目的的旅行，於是我就一直跟在他身邊……，所以結果說來也是一樣啦！

西茲少爺是個經常穿著綠色毛衣的青年，出身於某國王室。

聽說王室跟國民都是既樸實、單純又腳踏實地的，原本那是個不錯的國家。可是在西茲少爺十五歲的時候，他父親卻發動政變，將當時的國王跟所有王親貴族趕盡殺絕，篡奪了國家。僥倖逃出

來的西茲少爺發誓要報仇，為了殺死「那個男人」而鍛鍊自我，所以吃了不少苦頭。而我跟西茲少爺就是在那個時候相識的。

經過了一段時間，西茲少爺回到了這個已經完全墮落的祖國。他參加為了爭奪市民權的殺人競賽，想藉由頒發獎牌的機會殺死「那個男人」。不過，西茲少爺當然也會當場喪命。

為此我曾阻止過他，因為就算那麼做也無濟於事，……不過還是沒用。

西茲少爺在淘汰賽一路過關斬將，終於打進了總決賽。

「你已經自由了，隨便想去哪裡都行。這段日子跟你在一起過得很開心，而我將遵從自己的信念做我該做的事——」

西茲少爺在最後對我留下這句瀟灑的遺言，他知道不論輸贏，自己都死定了。而我只能目送他的背影離去。

然後，大家知道發生了什麼事嗎……？

西茲少爺竟然輸給他的對手，一名叫奇諾的年輕旅行者。不過對方的確是很厲害，而且她從頭到尾都巧妙地阻擋了西茲少爺的攻擊，讓在一旁觀戰的我心境也變複雜的。

可是，那個旅行者卻也改變了西茲少爺跟我的命運。因為在比賽的最後，那名旅行者並沒有殺了西茲少爺，而是演出一場流彈事件，殺了「那個男人」。

於是西茲少爺雖然輸了比賽，卻撿回一命，而且還完成了宿願。

西茲少爺前往國外尋找那名旅行者，也為她幫忙殺了父親道謝。而我也誠心感謝她救了西茲少爺一命。對於那名旅行者，我應該會把她當做一輩子的恩人看待。至於跟她在一起的那輛摩托車，我倒是非常討厭……

然後西茲少爺決定浪跡天涯，「直到找到自己想做的事為止」，於是今天我們仍在外頭流浪。而我，還是陪在他身邊。

「竟然有人畫戰車，好稀奇哦！」

當我們抵達某個國家的飯店大廳時，西茲少爺如此說道。牆壁上掛著一幅大油畫，內容是戰車的戰鬥景象。

西茲少爺把行李放在我身旁，那是一只他經常攜帶的黑色大布包，裡面放著他愛用的刀。

西茲少爺跳過沙發，試圖再靠近掛畫的牆壁。這時，聽到一句：「對不起，麻煩借過一下。」

一名看似飯店工作人員的男子拿著高腳梯出現。他在畫的前面把高腳梯擺好，迅速地爬上去之後，就把那幅畫取了下來。西茲少爺訝異地問道：

「怎麼？要拿下來了啊？我正要欣賞呢！」

工作人員只是回頭看看他，但沒有說任何話。倒是飯店老闆恭敬地走向西茲少爺說：

「這位客人，真是不好意思。我們是因為覺得很丟臉，所以無法再繼續掛這幅畫。」

「丟臉？」

西茲少爺問道。

「是的，呃……要是繼續掛這幅畫，本飯店的品格會遭到質疑的。」

「為什麼？你們不是以這麼豪華的畫框裱褙，還慎重地掛著它嗎？我並不覺得有哪裡不對勁啊……」

聽到西茲少爺這麼說，飯店老闆露出了複雜的表情。他雖然看似想全盤托出，不過隨即又感到難以啟齒。

「那個……實在是……」

一陣支吾其詞之後，飯店老闆說：

「對了！旅行者，你去過廣場了嗎？」

廣場幾乎就位於這個國家中央，似乎每個國家都是這樣。那是一座有草坪、散步道及噴水池等設施的公園廣場。

我們抵達時，已經有很多人聚集在那裡。在冬天陰暗的天空下，圍著一堆很大的火堆，大到彷彿可以燒掉整輛車子。

當我們接近火堆時，看到裡面焚燒的大多是畫。大大小小的畫接二連三被丟進火裡。西茲少爺在一幅畫被丟進去之前，請他們讓他看一下。原來是跟飯店裡那幅畫出自同一個畫家，也是戰車的畫。

「謝謝。」

西茲少爺一把畫還給對方，它馬上被丟進了火裡。畫布在一瞬間燒了起來。

我們穿過火堆前的人牆，前面停著一輛卡車。只見它傾斜起載貨台，把車上物品往火堆旁邊倒，那些都是相當厚的書籍。人們爭先恐後地把書往火裡丟，嘴裡還「可惡！」、「王八蛋！」地咒罵著。每當火整個燒得旺起來，火焰也高漲的時候，歡呼聲便隨之響起。

西茲少爺撿起一本書，是之前看到的戰車畫集，裝訂得非常精美，應該是相當昂貴的書。

「你是旅行者嗎？想要那本書嗎？還是要交給我？」

老婆婆詢問西茲少爺，而一個看似他兒子的中年男子則抓著西茲少爺的手。西茲少爺對倒數第二個問題搖搖頭表示否認。

「那麼，交給我來丟吧！」

西茲少爺看了我一眼，然後把書給了老婆婆。老婆婆用雙手把書丟進火裡，紙張馬上燒了起來。

「有點可惜耶！」

西茲少爺邊看火堆邊說道。老婆婆則是「哼！」地嗤之以鼻，並且氣呼呼的說：

「怎麼會可惜？不這麼做，實在無法消除我們的怒氣！」

「我們這樣燒畫、燒畫集……你想知道理由是什麼嗎？」

老婆婆說道。

「因為我們大家全都被騙了！」

「被騙了？」

中年男子代替老婆婆回答西茲少爺的問題。

「……因為我們像個傻瓜似的拼命買不需要的東西，就是這樣，才讓我們氣到想把這些全燒掉！你應該不會阻止我們吧？」

「我不會阻止的，只是到底發生了什麼事？如果不難解釋的話，可否告訴我呢？」

西茲少爺一臉認真地詢問，男子突然避開了他的眼神，而老婆婆則說：

「好吧，你就向這位旅行者解釋到底是怎麼回事。」

她如此告訴她兒子。

男子方才娓娓道來：

「這國家到最近才拋開五年前結束的內戰所造成的心理創傷。在那段日子裡，我們這些鄰居互相殘殺了好幾年呢！」

「是嗎？然後呢？」

「就在創傷快撫平時，約兩年半前吧，市面上開始出現跟戰車相關的奇形怪狀的戰場畫作。」

「就是這些嗎？」

「是的……剛開始看到那些畫的人還擅自斷言『這些畫是很棒的反戰訊息！』等等，還胡亂給予高度評價。而連同我在內的國民們也感染到那股氣氛，自然而然地覺得原來它有這種意義啊……」

男子露出難為情的表情。西茲少爺則順著他的語氣說：

「結果那個畫家的畫越來越搶手，價格也跟著水漲船高。」

「沒錯……大家還爭相購買呢！不管是有錢人還是想買來炫耀，大家都拼命的買；而像我們沒那麼多錢買畫的人，只能購買畫集或昂貴的複製畫。整個國家的人民還自以為是評論家，不管是誰都邊看著畫邊說，『真的是幅好畫！』啦，『果然戰爭是不對的』啦等等，而我也是其中一人。」

「然後呢？」

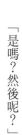

「然後，當這股像神經病的風潮炒到最熱的時候，大家突然覺醒了。其實五年多前的戰爭已經不算什麼，而創傷也早就痊癒了，但這個時候，自己竟然還花大把大把的錢買一些沒什麼用的戰車畫作。」

「原來如此……我完全瞭解了。於是大家非常火大，也氣自己的沒用，才想把那些證據燒得不留痕跡是嗎？」

西茲少爺頗有同感地說道，但其實是語帶諷刺。反倒是男子可能是在說明的時候又想起不快的回憶，因此變得垂頭喪氣。他面露悲傷地說：

「我們真的好像傻瓜哦！當那些畫開始賣的時候，我們心裡只想著要享受和平的氣氛。以前那些痛苦回憶，只要不勉強去回想，而且讓自己多去積極享受現在的生活就沒事了說。想不到我們卻把該用在那上面的錢，全花在購買這些沒有價值的畫作上……，到頭來我們僅存的回憶，就是這個畫家跟壟斷買賣畫作的畫廊。」

男子如此說完後，又補上了一句：

「那麼旅行者，請你不要像我們這麼失敗喲！」

他無力的呢喃過後，便拉著母親的手離去。目送他們離開的西茲少爺，看著腳下的我說：

「這算『詐欺』嗎？你覺得呢，陸？」

我說：

「那是他們自作自受，所以我覺得他們真的很可憐。」

「……原來如此。」

接著西茲少爺往前走了幾步，對著火焰喃喃地說：

「好暖和哦！」

因為觀光不是我們旅行的目的，所以如果沒有特殊理由，西茲少爺不會在一個國家停留太久。

這個國家因為沒什麼特別可看之處，於是我們便準備在隔天離開。一大早，西茲少爺就補充好越野車的燃料，然後購足必需的攜帶糧食跟水。

西茲少爺駕著越野車往城門駛去，而我則坐在副駕駛座上望著前方。

在這個大冷天，雲層依舊很厚，感覺好像快要下雪了似的。西茲少爺怕身上只穿毛衣會冷，因此又在外面穿了一件防水外套，並戴上防風眼鏡跟手套。

突然間，西茲少爺減緩越野車的速度。這裡是國境外，高到抬頭仰望脖子都會痠的石牆，給人一種壓迫感。這裡四周都是田地，不過現在只看得到乾涸的泥土。

那裡停著一輛三輪卡車，旁邊有個坐在折疊椅上的青年，他的前方立著畫架，上頭擺著全新的畫布，他背對著自然風景，只是盯著一片灰色的城牆看。

西茲少爺慢慢地把越野車駛近，青年也緩緩地回過頭來，他的表情如同死人，毫無一點幹勁。

「你猜他是？」

西茲少爺問我。

「應該跟那些人一樣吧！」

「原來如此，不過也可能不是呢！」

西茲少爺關掉越野車的引擎。

「早安！」

看到下車並走向自己面前打招呼的西茲少爺，青年只是坐在原位輕輕點頭示意。然後靜靜地說：

「好稀有的越野車哦……，你是旅行者嗎？」

「是的，我正準備離境。請問你是？天氣這麼冷，你怎麼還在外面畫畫啊？」

「不……，我已經沒在畫了。」

西茲少爺又看了我一眼，然後說：

「喔～那麼你以前曾經畫過囉？」

「嗯。」

「戰車的畫嗎？」

西茲少爺直接問道。

「嗯。」

畫家答道。

「我有看過幾幅你的畫喲！我並不覺得畫得很差啊……那些人竟然把它們全燒了，真是太過份了。」

西茲少爺如此說道。其實我也不曉得他是不是真的覺得那些人很過份。

接著畫家看了西茲少爺一眼，開始結結巴巴地說：

「他們之前那麼捧場的……卻突然說不要了。不過那沒關係，我還能接受，因為我只是喜歡畫戰車才畫那些畫的。可是、可是因為說不要了，就把我的畫給燒了，那才是我最難過的事情。那些可是我辛辛苦苦畫出來的耶……」

「這樣子啊……」

西茲少爺一臉不可思議地回應道。畫家又面無表情地繼續說：

「然後、然後我就說：『與其讓你們把畫燒掉，不如全還給我吧！我會把它們掛起來的，搞不好還會在上面多加幾筆。』我這麼跟他們說。可是大家卻說：『別開玩笑了』、『不把它們燒了，我們的怒氣無法平息！』之類的。真是太過份了……，連之前跟我交情匪淺的畫廊老闆也說出這種話：『我不需要你的畫了，況且也絕對賣不出去，雖然曾引起一陣風潮，真不曉得大家以前腦筋是哪裡秀逗了。不過我還是靠你賺了不少錢啦！真是太感謝你了，我現在就算不開這個畫廊也沒關係了，相信你也能開心地渡過自己接下來的人生才對。不過，記得別再畫畫了，你本來就沒有那個天份。』……我記性很好吧？」

畫家在最後還面帶微笑地自嘲了一番。

「……」

「我變成了富翁，才引起國人對我的反感，大家都說他們被騙了什麼的，可是我只是畫自己喜

歡的畫而已……」

「那你現在怎麼辦？」

「……過去我會到很多地方立起畫架作畫，現在只要在人潮眾多的地方就會被丟石頭，所以我才會坐在這毫無人煙的地方。我已經不再畫戰車了，雖然心裡很想畫，可是不曉得怎麼搞的，就是提不起勁來，我真的沒興致再畫了。現在，為了轉移自己內心的不愉快，每當腦子浮出一些怪東西時，我就隨手畫了出來。我想說這麼做可能心情會好一點。雖然不怎麼有趣，但總比什麼都不做的好。」

「是嗎……。那些畫在哪裡呢？」

畫家把視線轉向自己的卡車載貨台。

西茲少爺詢問他是否可以看一下，然後就打開載貨台，從擺在裡面的數幅畫順手拿起一幅。

我對畫並不懂，同時也沒興趣。可是西茲少爺看過那幅畫之後，剎那間露出驚訝的表情。

「這是……！」

西茲少爺只講這樣就沒再講下去了。

那幅畫畫了很多人，雖然每個人的表情都不同，不過看得出來是在笑，而且是嘲笑。

過了一會兒，西茲少爺看著手上的畫，轉過身來向畫家問道：

「這個……你有給畫商或其他人看過嗎？」

「嗯？沒有，不過有人看過我在作畫。」

「那些人看了之後怎麼說？」

「說我在『浪費顏料』。」

「……」

「我是無所謂，反正我也不喜歡畫這些。」

西茲少爺小心地把畫放好，然後回頭對畫家說：

「我說畫家先生，我……嗯…對畫略知一二。我們城堡……我老家掛了不少畫作，嗯……因為我家有個對畫非常瞭解又很挑剔的傢伙，所以我也不知不覺看了不少畫……」

西茲少爺難得這麼興奮。

其實他在這裡說的老家，就是王室，而那個對畫很瞭解又挑剔的傢伙就是他父親。在他謀反以前，倒是花了不少錢在買畫上面。

「……所以，這個，你的畫真的很棒……嗯……也就是說……」

講了這麼多卻無法充分表達自己的意思，著實讓西茲少爺有點生氣。然後他稍微大吼起來說：

「為什麼這種畫賣不出去！這個國家的人，腦子全被啄木鳥挖空了嗎？」

畫家的表情依舊沒變。

「他們不買也無所謂啦！反正我錢多得是，那些是欺騙大家，『榨取』來的錢，我在生活上還算衣食無虞。」

「…………」

西茲少爺沉默了一陣子之後說：

「畫家先生，那個……你有沒有打算把那幅畫帶到其他國家去？」

「嗯？」

「在我過去行經的許多國家，它一定賣得出去。而且還會值不少錢，也會得到非常高的評價，你覺得如何呢？」

西茲少爺開心地一股腦兒把話說完，不過畫家仍沒有改變他沮喪的表情。

「我沒興趣。」

「可是……」

「旅行者，如果你想要，就送你吧！只要你答應不把它們燒掉，就算全部帶走也沒關係，拿去賣或許還能換點錢呢！」

聽到畫家這麼說，西茲少爺的表情也了沉下來。

「不可能的……我的越野車載這些畫一定會把它們弄壞，我真的感到非常遺憾，那不然這樣吧！」

「嗯？」

「我在日後造訪的國家好好幫你宣傳，搞不好就會有人來找你買畫，到時候你再賣給對方就好了，我想應該會賣得很好才對。」

聽到這些話，畫家搖搖頭說：

「有沒有人買我的畫都無所謂，我又不缺錢，而且，其實我並不想畫這種怪畫的。如果買這種畫的人要我再多畫幾幅，我也不屑畫。因為我真正想畫的是戰車，我……」

說著說著，畫家便慢慢哭了起來，眼淚流滿了他的雙頰。

「我很喜歡戰車，我希望能多畫一些戰車，可是現在不能畫了……」

「……」

畫家打開腳下的箱子取出工具，接著把顏料擠在調色盤裡，突然開始畫起畫來。他一面哭，一面迅速地在畫布上塗上色彩，內容還是跟其他的畫一樣，畫的是在嘻笑的人群。

畫家雖然在哭，不過他的手卻沒有停下來，並且以驚人的速度完成了一幅油畫。而西茲少爺只是默默地站在一旁看他作畫。他應該是有些感動，又有點被嚇得目瞪口呆吧。

「呼……該回去了！」

畫家口中喃喃說道，一副對自己完成的作品興趣缺缺的樣子，他把工具大致收一收，並把畫靠在椅子上，將畫架折好放進卡車裡。就在他把畫拿起來的時候，西茲少爺突然回過神來問道：

「那、那幅畫，怎、怎麼辦？」

「能怎麼樣？我又不想丟了它，只能找個地方隨便擺，你想要的話，就給你吧！」

西茲少爺瞪大眼睛愣了幾秒，然後輕輕地搖搖頭，不過他的視線並沒有離開那幅畫。畫家問道：

「你覺得呢？」

西茲少爺雙手緩緩往畫伸去。此時我開口說話了。

「你打算掛在哪裡？」

「唔……！」

西茲少爺的表情瞬間變得很難看，然後又慢慢縮回雙手。

「算了……，真是遺憾。」

「是嗎？」

畫家把那幅畫堆上載貨台，簡短的說聲再見後，就開著三輪卡車離去。

西茲少爺走回越野車，坐上了駕駛座，他面向前方，並用右手撫摸我的頭，然後喃喃地說：

「這裡好冷哦！」

我回答說：

「一點也沒錯。」

西茲少爺大大地嘆了一口氣，接著便發動了越野車的引擎。

後記（註・內容完全不涉及本文）

—Preface—（contains no NETABARASHI of the text.）

【問候】

各位讀者大家好，我是時雨沢惠一。真的非常感謝你們閱讀我的小說「奇諾の旅II—the Beautiful World—」。

【特點】

本書既是娛樂小說，也是「奇諾の旅」系列的第二集。

內容是主角奇諾跟她的夥伴漢密斯的旅行故事，其中還包括若干的番外篇。除了以短篇小說的形式串聯，每一話的故事也各自獨立（部份除外）。

與其說是上一集的續篇，倒不如說是補述故事要來得合適，時間順序也很零亂。內容長度也不一定，有些超過五十頁，有的只有七頁就結束。詳情請參照目錄。

跟上一集一樣，裡面穿插了許多黑星紅白先生的美麗插畫。

【成份】

一本裡面

紙……………………………………………………一本的份量

油墨（部份是彩色油墨）……………………………一本的份量

製作用黏膠……………………………………………一本的份量

【效能・效果】

娛樂、插畫鑑賞、殺時間、紓解壓力、思考訓練、學習日文、練習漢字、學習小說寫法（包括當作負面教材）、研究電擊文庫、裝飾書架、可大聲說「我看過囉」、幫助睡眠、上ＢＢＳ的話題、用來蓋泡麵、其他等等。

【用法・用量】

隨便使用幾次都可以。

唯獨初次使用需照話數順序使用。

【使用時需注意事項】

＊一旦長時間在暗處使用，很可能有害視力。

＊如有感到不適或心情沉重的時候，請立刻中斷使用並回想快樂的事物。

＊如果在課堂上使用，請務必小心別讓老師發現。

＊視個人體質會產生淚腺受刺激或痛哭流涕的情況。

＊本書當初製作時並未考慮在浴室使用，因此盡量不要在浴室（尤其是泡澡的時候）使用。

＊為了能在必要時閱讀此後記，請不要把它撕下並小心保存。

其他請參閱。「奇諾の旅—the Beautiful World—」。

二〇〇〇年　讀書之秋　時雨沢 惠一

Kadokawa Fantastic Novels

灼眼的夏娜1
作者／高橋彌七郎 插畫／いとうのいぢ
ISBN986-7299-88-4
電擊遊戲小說大賞受賞作家高橋彌七郎的校園奇幻故事。當平凡的高中男生遇上炎髮灼眼的少女時，他的日常生活被脫軌失序的異世界取代……

灼眼的夏娜2
作者／高橋彌七郎 插畫／いとうのいぢ
ISBN986-7189-67-1
存在喪失者悠二，藉由體內的寶具「零時迷子」，得以過著正常人的生活。夏娜想以自己的方式為悠二打氣，可惜一再弄巧成拙。此時，另一名火霧戰士現身了……

灼眼的夏娜3
作者／高橋彌七郎 插畫／いとうのいぢ
ISBN986-174-002-3
貌似柔弱的吉田一美正式對夏娜宣戰！而擾亂她們心緒的悠二，察覺到一片陰影籠罩著天空，這正是「紅世使徒」所釋放出來，名為「搖籃花園」的詭異封絕。

撲殺天使朵庫蘿1
作者／おかゆまさき 插畫／とりしも
ISBN986-7189-83-3
隨著一陣謎樣的聲響，草壁櫻的家裡突然冒出一個天使。她的名字叫做撲殺天使朵庫蘿！不知不覺賴在阿櫻家住下來的朵庫蘿，開始對阿櫻展開種種誘惑!!

.hack//ANOTHER BIRTH 另一個誕生Vol.1 感染擴大
作者／川崎美羽 監修／伊藤和典
ISBN 986-7189-47-7
為了拯救在網路遊戲中突然失去意識的弟弟，晶良以重劍士黑玫瑰的身分進入遊戲展開查訪。然而她與雙劍士凱特的相遇，竟是一場超越遊戲框架之戰的序幕……

伊里野的天空UFO的夏天1
作者／秋山瑞人 插畫／駒都えーじ
ISBN986-7299-99-X
園原中學二年級的淺羽直之，在學校的游泳池畔，邂逅了一個手腕上埋有金屬球體，名叫「伊里野加奈」的少女。而他們兩人之間的奇妙因緣也從此開始……

伊里野的天空UFO的夏天2
作者／秋山瑞人 插畫／駒都えーじ
ISBN986-7189-85-X
淺羽直之與伊里野加奈初次約會，但跟蹤他們的有一個、兩個、三個人…結果當然不是平安結束，還發生了「很不平安」的事件…本集收錄3個單元＋特別番外篇。

Kadokawa Fantastic Novels

奇諾の旅 I the Beautiful World

作者／時雨沢惠一 插畫／黑星紅白

ISBN986-7664-77-9

『世界並不美麗。正因為如此才顯出它的美』。以短篇小說的形式串聯出人類奇諾與會說話的摩托車漢密斯的旅行故事。前所未見的新感覺小說登場。

奇諾の旅 II the Beautiful World

作者／時雨沢惠一 插畫／黑星紅白

ISBN986-7664-95-7

人類奇諾與會說話的摩托車漢密斯的旅行故事。以短篇小說的形式，串聯出前所未見的新感覺小說第2彈！書中登滿了超人氣黑星紅白的彩色插圖!!

奇諾の旅 III the Beautiful World

作者／時雨沢惠一 插畫／黑星紅白

ISBN986-7427-08-4

當奇諾跟漢密斯還在師父家的時候，奇諾她們的住處來了三名山賊？（「說服力」）。收錄共6話的內容。蔚為話題之新感覺小說第3彈！

奇諾の旅 IV the Beautiful World

作者／時雨沢惠一 插畫／黑星紅白

ISBN986-7427-41-6

來到某個國家的奇諾與漢密斯，看到一對吵得很兇的男女……（「兩人之國」）。收錄共11話的內容。蔚為話題之新感覺小說第4彈！

奇諾の旅 V the Beautiful World

作者／時雨沢惠一 插畫／黑星紅白

ISBN986-7427-60-2

前往某個國家的奇諾與漢密斯遇到一名男子。那男子希望能與她們同行，但是奇諾斷然拒絕。接下來……（「能殺人之國」）。收錄共10話的內容。

奇諾の旅 VI the Beautiful World

作者／時雨沢惠一 插畫／黑星紅白

ISBN986-7427-89-0

等待出境的奇諾與漢密斯遇到一名男子。那男子說過去殺了人，為了乞求原諒便跟一名女性出來旅行。（「她的旅行」）。收錄共11話的內容。

奇諾の旅 VII the Beautiful World

作者／時雨沢惠一 插畫／黑星紅白

ISBN986-7299-19-1

奇諾與漢密斯遇見了「移動之國」並入境。而那個「移動之國」前往的地方還有個「禁止通行之國」，之後……（「困擾之國」）。收錄共8話的內容。

Kadokawa Fantastic Novels

閣下與魔 愛的日記!?
作者／喬林 知　插畫／松本手毬
ISBN986-7299-97-3

雲特閣下妄想失控所寫出來的「陛下狂愛日記」，經眾人口耳相傳大受好評，竟然有真魔國的出版社要幫他出書！令人捧腹大笑的高潮幻想作品，豁出去的特別篇！

這次必是魔 旭日東昇！
作者／喬林 知　插畫／松本手毬
ISBN986-7189-48-5

盛夏在海邊打工期間，有利再度漂流到了真魔國。但這次前來迎接的肯拉德等人態度有點不對勁，而後有利竟然還被轉送到敵國的市中心！令人驚愕的新發展！

來日將是魔 日落黃昏！
作者／喬林 知　插畫／松本手毬
ISBN 986-7189-81-7

陷入危機的有利與村田，橫越與魔族為敵的國家西馬隆！雲特的靈魂成了阿菊娃娃跟雪兔、長男被艾妮西娜搞得暈頭轉向、三男為愛萬里尋夫！波濤洶湧的發展！

涼宮春日的憂鬱
作者／谷川 流　插畫／いとうのいぢ
ISBN986-7427-88-2

第八屆「Sneaker」大賞受賞作。校內第一怪人涼宮春日，組了個「為了讓世界變得更熱鬧的ＳＯＳ團」，而外星人、未來人與超能力者皆應涼宮的願望出現了?

涼宮春日的嘆息
作者／谷川 流　插畫／いとうのいぢ
ISBN986-7299-20-5

率領ＳＯＳ團的涼宮春日，這次把歪腦筋動到校慶去了！只要她隨口一句，那些外星人、未來人、超能力者就會吃盡苦頭——暴走度ＮＯ.1的校園故事再次展開！

涼宮春日的煩悶
作者／谷川 流　插畫／いとうのいぢ
ISBN986-7299-53-1

一無聊就會發動異常能量的涼宮春日，這次又突發奇想，號召ＳＯＳ團參加棒球大賽、舉辦七夕許願活動、前往孤島合宿……瘋狂ＳＦ校園喜劇第三彈！

涼宮春日的消失
作者／谷川 流　插畫／いとうのいぢ
ISBN986-7189-18-3

聖誕節即將來臨的某一天早上，突然變得不太尋常。教室一如往昔，座位也沒有改變，可是涼宮卻不在我後面的座位上……光怪陸離、超脫現實的校園系列第四集！

國家圖書館出版品預行編目資料

奇諾の旅：the Beautiful World／時雨沢 惠一作
；莊湘萍譯．--初版--臺北市：臺灣國際角川，
2004-〔民93-〕冊；公分
譯自：キノの旅：the Beautiful World
ISBN 986-7664-77-9（第1冊：平裝）. --
ISBN 986-7664-95-7（第2冊：平裝）

861.57　　93002314

Kadokawa
Fantastic
Novels

奇諾の旅Ⅱ
—the Beautiful World—

（原著名：キノの旅Ⅱ—the Beautiful World—）

2004年5月24日 初版第1刷發行
2024年6月17日 初版第13刷發行

作　　者：時雨沢惠一
插　　畫：黒星紅白
日版設計：鎌部善彦
譯　　者：莊湘萍

發 行 人：台灣角川股份有限公司
總　　監：呂慧君
總 編 輯：蔡佩芬
主　　編：林秀儒
編　　輯：黎夢萍
設計指導：陳晞叡
美術設計：宋芳茹
印　　務：李明修（主任）、張加恩（主任）、張凱棋、潘尚琪
發 行 所：台灣角川股份有限公司
地　　址：104台北市中山區松江路223號3樓
電　　話：（02）2515-3000
傳　　真：（02）2515-0033
網　　址：www.kadokawa.com.tw
劃撥帳戶：台灣角川股份有限公司
劃撥帳號：19487412
法律顧問：有澤法律事務所
製　　版：巨茂科技印刷有限公司
ISBN：978-986-766-495-2